Mein dänischer Schatz

. Roman.

Band 1

William Clark Russell

Writat

Diese Ausgabe erschien im Jahr 2024

ISBN: 9789359944289

Herausgegeben von
Writat
E-Mail: info@writat.com

Inhalt

KAPITEL I.

EIN MÜLLER TAG.

Am Morgen des 21. Oktober, in einem Jahr, das man nicht sehr weit zurückzählen muss, um dorthin zu gelangen, wurde ich aus einem leichten Schlaf, in den ich nach einer ziemlich unruhigen Nacht gefallen war, durch ein Geräusch wie von Donner in einiger Entfernung geweckt, und als ich an mein Schlafzimmerfenster trat, um mir das Wetter anzusehen, bot sich mir ein so wilder und abweisender Anblick von Meer und Himmel, dass man sich nichts Vergleichbares vorstellen kann.

Der Himmel war eine dunkle, sich neigende, allumfassende Dunstmasse — geschwollen, feucht, von einer Farbe, die durch die grünliche Farbe , die auf seiner Oberfläche lag, unglaublich bösartig wirkte. Hier und da war er in das wahre Aussehen des elektrischen Sturms gehüllt; an anderen Stellen war er von düsterer, nebliger Dichte; und als er sich der Meereslinie näherte, war er an vielen Stellen von einer reichlichen dunklen Schattierung bedeckt, die die Wolken, auf denen diese Dunkelheit ruhte, aussehen ließ, als ob ihre schwere Donnerlast ihre überladenen Brüste bis auf den letzten Schluck Salz herunterdrückte.

Eine leichte Dünung rollte zwischen den beiden Felsvorsprüngen, die die weite Bucht umrahmten, die ich überblickte. Das Wasser war sehr dunkel und hässlich mit seiner Widerspiegelung der grünlichen, fahlen Atmosphäre, die seine lautlosen, gleitenden Flächen färbte. Doch trotz des verhüllenden Schattens des Sturms ringsum war der Horizont eine klare Linie, die das Gähnen von Ozean und Himmel zwischen den Vorlandspitzen überspannte.

Seewärts war nichts zu sehen; auch die Bucht war leer. Ich stand eine Weile da und beobachtete die Schaumwolke, die die Dünung dort bildete, wo sie auf den niedrigen, schwarzen Felsvorsprung dessen traf, was wir in diesen Gegenden Deadlow Rock nennen, und auf den westlichsten der beiden Riffzungen, ein kleines Stück vom Felsen entfernt, und von den Matrosen hier in der Gegend die Zwillinge genannt; ich sage, ich stand da, beobachtete dieses leise Spiel des weißen Wassers und lauschte auf ein weiteres Donnergrollen; aber alles blieb still — kein Lüftchen — kein Aufblitzen eines stummen Blitzes.

Auf dem Weg ins Wohnzimmer schaute ich bei meiner Mutter vorbei, die inzwischen eine alte Dame war und deren zunehmende Gebrechlichkeit sie zwang, bis zum Morgengrauen das Bett zu hüten. Ich küsste und begrüßte sie.

„Es scheint ein sehr dunkler, melancholischer Morgen zu sein, Hugh", sagt sie.

„Ja, tatsächlich", antwortete ich. „Ich kann mich nicht an einen Himmel erinnern, der so über dem Wasser hängt. Hast du gerade den Donner gehört, Mutter?"

Sie antwortete mit „nein", aber sie war ja auch ein bisschen taub.

„Ich hoffe, Hugh", sagte sie, schüttelte den Kopf und strich sich mit leicht zitternder Hand das schneeweiße Haar glatt, „dass es nicht mit einem Rettungsboot-Auftrag endet. Ich hatte letzte Nacht einen elenden Traum. Ich sah, wie du ins Boot stiegst und in die Bucht segeltest. Die Sonne stand hoch und alles war hell und klar; aber plötzlich wurde das Wetter schwarz – so dunkel wie jetzt. Der Wind peitschte über das Wasser, das hoch schoss und brodelte. Du und die Männer kämpften hart, um das Land wiederzuerlangen, und gaben dann verzweifelt auf, und du steuertest direkt vor den Wind, und das Boot raste wie ein Pfeil in die Dunkelheit und den Dunst; und kurz bevor es verschwand, erhob sich eine Gestalt neben dir, wo du am Steuer saßt, und blickte mich so an" – sie legte ihren Zeigefinger auf ihre Lippe in der Haltung eines befehlenden Schweigens. „Es war dein Vater, Hugh: Sein Gesicht war voller Flehen und Verzweiflung." Sie seufzte tief. „Wie klar sieht man manchmal in Träumen!", fügte sie hinzu. „Niemals in seinem lieben Leben war das Gesicht Ihres Vaters für meine Augen deutlicher sichtbar als in dieser Vision."

„Ein Traum von Freitagnacht, erzählt an einem Samstag!", sagte ich lachend; „aber er wird wahrscheinlich nicht wahr. Keine Angst, dass die *Janet* – so hieß unser Rettungsboot – aufs offene Meer hinausgetrieben wird. Außerdem ist die Bucht leer. Es kann keinen Einsatz geben. Und angenommen, es käme einer und das Wetter würde sich zu einem Hurrikan entwickeln, dann wäre ich lieber auf der *Janet unterwegs* als auf dem größten Schiff vor den Docks von London oder Liverpool." Und mit diesen Worten verließ ich sie, ohne einen weiteren Gedanken an ihren Traum oder ihr Benehmen zu verschwenden.

Nach dem Frühstück ging ich zur Esplanade hinunter, um mir die *Janet anzusehen* , wie sie gemütlich in ihrem Haus lag. Ich war ihr Steuermann, und wie es dazu kam, dass ich diesen Posten übernahm, werde ich hier erklären.

Mein Vater, der Kapitän in der Handelsmarine gewesen war, hatte Geld gespart und sein kleines Vermögen in ein paar Schiffe investiert. Auf einem davon war er fünfzehn Jahre vor dem Datum dieser Geschichte eingeschifft, um eine Fahrt von der Themse nach Swansea zu unternehmen, wo es mit Ladung für einen südamerikanischen Hafen beladen werden sollte. Es war ein brandneues Schiff, und er wollte seine Seetüchtigkeit beurteilen. Als es die North Foreland umrundet hatte , wurde das Wetter dichter; es kam ein Sturm auf; das Schiff strandete irgendwo in der Nähe des North Sand Head, und von den dreiundzwanzig Menschen an Bord kamen fünfzehn ums Leben, mein Vater war unter denen, die ertranken.

Sein Bruder, mein Onkel George Tregarthen, war ein wohlhabender Kaufmann in der City of London. Zum Gedenken an den Tod meines Vaters, der ihn zutiefst betrübte und der, wie auch der der anderen, auf die Verzögerung bei der Entsendung von Hilfe vom Land zurückzuführen war – sie feuerten Kanonen ab und brannten Leuchtraketen, und das benachbarte Feuerschiff signalisierte mit Raketen, dass ein Schiff an Land lag, aber alles vergeblich, denn als die Rettung versucht wurde, war das Schiff gerade dabei auseinanderzubrechen, und die meisten seiner Besatzungsmitglieder lagen, wie gesagt, tot – schenkte mein Onkel zum Gedenken an den Tod seines Bruders der kleinen Stadt, in der mein Vater gelebt hatte, auf eigene Kosten ein Rettungsboot, das er nach meiner Mutter „*Janet*" nannte . Ich war damals zu jung, um an ihren Diensten teilzunehmen. Aber als ich zwanzig Jahre alt war, war ich so erfahren wie der klügste Bootsmann an unserer Küste, und da ich aufgrund des Bootes, das ich als Geschenk der Familie bekommen hatte, eine Art Kapitänsposten auf dem Rettungsboot beanspruchte, ersetzte ich den Mann, der ihr Steuermann gewesen war und in den letzten zwei Jahren bei den sechs Einsätzen das Ruder übernommen hatte. Und ich war nicht wenig stolz, prahlen zu können, dass die *Janet unter meiner Leitung* in diesen zwei Jahren dreiundzwanzig Männer, fünf Frauen und zwei Kinder vor dem sicheren Tod gerettet hatte.

Kein Mann könnte seinen Hund oder sein Pferd – ja, ich kann sogar sagen, kein Mann könnte seine Liebste – mit mehr Zärtlichkeit lieben als ich mein Boot. Es war meiner Vorstellung nach ein lebendiges Wesen, selbst wenn es auf dem Trockenen lag. Es schien mich mit einer Vitalität anzusprechen, die man, wenn man die Stimmungen beurteilte, die es in mir entfachte, durchaus als menschlich hätte bezeichnen können. Ich saß da und betrachtete es und dachte an es auf dem Wasser, stellte mir eine schreckliche Szene eines Schiffbruchs vor, eine wütende Oberfläche aus brodelnder Hefe, mit einem Schiff in der Mitte, das inmitten von Gischtstürmen kommt und geht; und dann stellte ich mir vor, wie das Boot die wilde Brandung mit der Schulter zermalmte, während es durch das gewaltige Spiel des Ozeans auf das zum Untergang verurteilte Boot zustürmte, dessen Wanten voller Männer waren; bis solche Emotionen in mir hochkamen, dass ich fast unbewusst einen eifrigen Schritt auf das Boot zumachte, ihm auf die Seite klopfte und mit ihm sprach, als wäre es lebendig und könnte meine Liebkosungen und mein Flüstern verstehen.

Meine Mutter war zunächst entschieden dagegen, dass ich mein Leben auf der *Janet riskierte* . Sie sagte, ich sei kein Seemann und schon gar nicht einer von denen, die diese Boote bemannten, und eine Zeit lang wollte sie nichts davon hören, dass ich als Steuermann mitfuhr, außer bei schönem Wetter oder wenn das Risiko gering war. Aber als ich als Steuermann meine erste kleine Ladung wertvoller menschlicher Fracht nach Hause brachte – fünf Spanier, die Frau des Kapitäns und ein kleines Baby, das sie in einen Schal gehüllt auf dem Herzen trug –, wich die Abneigung meiner Mutter ihrem Stolz und ihrer Dankbarkeit. Sie fand etwas Schönes, Edles, ich hätte fast gesagt Göttliches in dieser Lebensrettung – in diesem Retten armer Menschenseelen aus den grausamen Klauen des Todes – und auch in der Hoffnung und Freude, die der Anblick des Bootes in den Herzen der Schiffbrüchigen weckte, oder in der unterstützenden Lebendigkeit, die aus dem Wissen erwuchs, dass das Boot rechtzeitig ankommen würde, und die es den Menschen ermöglichte, durchzuhalten, wenn sie vielleicht, wenn ihnen kein Boot versprochen worden wäre, den Mut verloren und ihre Seele Gott übergeben hätten.

Wie gesagt, ich ging also zur Esplanade hinunter, wo das Bootshaus war, um mir das Boot anzusehen. Das war tatsächlich meine tägliche Gewohnheit, für die ich reichlich Freizeit hatte, denn ich war ohne Beschäftigung aufgrund einer schweren Krankheit, die meine Bemühungen vor sechs Jahren zunichte gemacht hatte und mich zu alt für eine zweite Chance in dieser Art gemacht hatte – und auch willenlos, was das anging; denn das Einkommen meiner Mutter reichte für uns beide aus, und wenn es Gott gefiel, sie zu sich zu nehmen, würde das, was ihr gehörte, mir gehören, und es war mehr als genug für meine einfachen Bedürfnisse da.

Bevor ich das Haus betrat, blieb ich stehen, um mir eine Pfeife anzuzünden und mich umzusehen. Die Luft war so reglos, dass die Flamme des Streichholzes, das ich anzündete, ohne Bewegung brannte. Ich bemerkte, dass die Dünung leicht zunahm und aus dem weiten, dunklen Feld des Atlantischen Ozeans in die Bucht strömte: denn das war das Meer, dem unsere Stadt zugewandt war, wenn man aus dem Schatten der Höhen von Cornwall, an deren Fuß sie stand, genau nach Westen blickte – ein kleiner, massiver Haufen granitfarbener Gebäude, überragt vom hohen Turm der Kirche St. Saviour, dessen vergoldetes Kreuz an diesem Morgen vor dem düsteren Himmel glänzte, als ruhte der Strahl der aufgehenden Sonne darauf.

Die dunkle Linie der breiten Esplanade schlängelte sich etwa eine Meile weit entlang der Küste. Die trübe Atmosphäre verlieh ihr eine schokoladenbraune Farbe, und der weiße Sand, der sich bis zum Wasser hinzog, hatte durch den Kontrast einen elfenbeinfarbenen Schimmer. Die Brandung war schwach, aber jetzt, da ich in der Nähe war, konnte ich einen Ton in ihrem Geräusch hören, als sie in einer wolkigen Linie auf dem Sand schäumte, was mich an die Stimme eines fernen Sturms denken ließ, als ob jede heranrollende Welle von weit hinter der Meereslinie ein ewig verklingendes Echo der Wut des

Hurrikans mit sich brächte. Aber ein Mann musste lange an der Küste leben, um diese leisen Andeutungen des Sturms im Fallen und Strömen der ungestörten Brecher zu hören.

Eine Anzahl Weißbrustmöwen mit schwarz gesäumten Flügeln flogen dicht an der Küste auf dieser Seite von Deadlow Rock und Twins. Sie hielten sich meist in einer schwebenden und spähenden Haltung und ihre Bewegungen zeugten eher von gedämpfter Erwartung als von Ruhelosigkeit. Sie stießen jedoch häufig schrille Schreie aus und waren ganz gewiss nicht auf Fischfang , da sie sich nie bückten. Nur einen Steinwurf vom Rettungsboothaus entfernt befand sich eine Küstenwachehütte, ein kleiner Beobachtungsposten, der durch einen Fahnenmast gekennzeichnet war. Der Küstenwächter stand mit einem Teleskop unter dem Arm in der Tür und unterhielt sich mit einem betagten Bootsmann namens Isaac Jordan. Das Land hinter dem Fahnenmast stieg an und erhob sich zu einer sehr erhabenen dunklen Klippe, deren äußerstes Ende wir Hurricane Point nannten. Im trüben Licht dieses bleiernen Morgens sah es aus wie eine steile, tödliche, unwirtliche Felsterrasse. Das Vorland erhob sich aus dem Schaumbett, das durch die stetige Dünung des Atlantiks an der eisernen Basis am Kochen gehalten wurde. Dennoch bot Hurricane Point unserer Bucht einen guten Schutz, wenn der Wind aus Norden kam, und ich habe gesehen, wie das Meer dort bebte und in Dampfwolken in die Luft schoss. Anderthalb Meilen weit draußen strömte das Wasser weit und wild und weiß vom Peitschen des Sturms, während innerhalb der Bucht ein Fährschiff hätte an seiner Fangleine ziehen können, ohne eine Tasse Wasser aufzunehmen.

Es gab einen alten Holzpier, der von einer Landzunge ins Meer ragte, an dessen nördlichster Spitze das Rettungsboothaus stand. Dieser Pier hatte eine Biegung wie die Beuge des Zeigefingers eines Seemanns, der an Rheuma leidet. Aber in der rauen, schwarzen, glänzenden Umarmung seiner schrägen und mit Unkraut bewachsenen Pfähle war, außer bei ruhigem und ruhigem Wetter, kein Hafen zu finden . Es war ein alter Pier, der den Wellen und Stößen von fünfzig Jahren der atlantischen Wogen standgehalten hatte — genug, um einen Mann zu rechtfertigen, ihn anzustarren, da unsere Küste wild und stürmisch war und alles so stark sein musste, als wären wir auf See und hätten gegen den mächtigen Ozean selbst anzukämpfen. Manchmal segelte ein Kohlenschiff um Bishopnose Point, eine hohe, rötlich gefärbte Klippe hinter Deadlow Rock, glitt in die Biegung des Piers und löschte seine Ladung. Auch hier konnte man je nach Jahreszeit eine Gruppe von Fischerbooten sehen, hauptsächlich die spitz zulaufenden Lugger von Penzance. Doch heute Morgen war, wie ich bereits sagte, vom Horizont bis zum weißen Sandstrand alles leer — leer und in gewisser Weise auch bewegungslos, mit einem Anflug von Stagnation, der aus der trübseligen, atemlosen, düsteren Atmosphäre ins Bild kam. Nichts regte sich, so schien es, außer dem Heben und Senken der Dünung und ein paar geschäftigen Gestalten von Hafenarbeitern unten am Pier, die ihre Boote hoch und trocken auf den Sand zogen und im Auge behielten, wie das Wetter werden würde.

Ich betrat das Rettungsboothaus und verbrachte etwa zehn Minuten damit, mir die Bausubstanz innen und außen anzusehen und sicherzustellen, dass alles bereit war, sollte ein Einsatz kommen. Ein Schiffsbarometer – ein gutes Instrument – hing an der Wand oder Schottwand des Holzbaus. Das Quecksilber war niedrig, und in der Oberfläche des Metalls selbst war eine Vertiefung, die den Gefälle zu betonen schien.

Wir ließen die *Janet* über eine starke Holzrutsche zu Wasser, die in einem ziemlich steilen Abhang vom Vordersteven des Bootes bis einige Faden hinter die Niedrigwassermarke verlief. Es gab keinen besseren Weg, sie zu Wasser zu lassen. Der Sand war flach; mit einem schweren Boot auf einer solchen Plattform war nicht viel zu machen, hätten wir auch nur die gefetteten Hölzer oder Rollen, die wir wollten, unter ihren Kiel gelegt. Aber von der Höhe ihres Hauses floh sie, als sie freigelassen wurde, wie eine Möwe in die Wut des Wassers, überquerte die höchste Klippe und machte sich im Angesicht der tödlichsten Hurrikane in Küstennähe edel auf den Weg.

Als ich am Kopf dieser Slipanlage stand und sie entlang blickte, bis sie sich im dunklen und kränklichen Grün des fließenden Meeres vergrub, trat der alte Isaac Jordan langsam vom Küstenwächter weg und grüßte mich mit einer Stimme, die unter der Last von 85 Jahren zitterte. Eine so seltsame alte Gestalt wie diese hätte man an der ganzen Küste vergeblich suchen können. Seine tief in seinem Kopf liegenden Augen schienen aus Achat geformt zu sein, so fleckig und getrübt waren sie von der Zeit, vom Wetter und zweifellos vom Alkohol. Sein hoher Hut war von Abnutzung und Belastung gebräunt, die Haut seines Gesichts lag wie ein Spinnennetz auf seinen Zügen, und wenn er lächelte, zeigte er einen einzigen tabakverfärbten Zahn, der einen an Deadlow Rock denken ließ. Isaac stammte nicht aus dieser Gegend, hatte aber über ein halbes Jahrhundert an diesem Ort gelebt, nachdem er von einem Wrack an Land gebracht worden war, in dem man ihn als einzigen Bewohner bewusstlos auf dem Deck liegend gefunden hatte. Als er wieder zu sich kam , hatte er kein Gedächtnis mehr und konnte sich fünf Jahre lang weder an den Namen seines Vaters noch an den Ort erinnern, aus dem er stammte. Als seine Erinnerung schließlich zurückkehrte, war er zufrieden damit, in der Ecke dieses Königreichs zu bleiben, in die ihn der Ozean sozusagen geworfen hatte, und fünfzig Jahre lang hatte er sich nie eine halbe Meile von der Stadt entfernt, es sei denn seewärts, und dann nie über die Bucht hinaus, wo er für seinen eigenen Lebensunterhalt fischte oder als Fuhrwerk zwischen der Küste und den herbeigebrachten Schiffen verkehrte.

„Guten Morgen , Mr. Tregarthen", sagte er im Akzent von Whitstable, seinem Geburtsort. „Ich schätze, es gibt einiges zu tun, wenn das so ist, wie dieser Dreck hier nicht bereit , wegzublasen;' und er richtete seine marmornen Augen auf eine Art blind tastend zum Himmel.

„Ich kann mich an keinen Morgen wie diesen erinnern, Isaac", sagte ich und ging zu ihm hinunter, damit er seine arme, alte, zitternde Stimme nicht anstrengen musste.

„Schmalz, liebe Sie!", rief er aus. „Zahlreiche, Mr. Tregarthen. Ich erinnere mich an einen ähnlichen Tag im Jahr 44, ja, und an einen noch hässlicheren Tag im Jahr 33. Das war der Tag, als der *Kingfisher* unterging und alle Leute außer dem Kumpel ertranken ."

du , was wird passieren , Isaac?"

„Ein Sturm, Herr, aber noch nicht. Er macht sich bereit, und ich gebe zu, es wird den ganzen Tag dauern, bis er bereit ist", und wieder hob er seine achatartigen Augen zum Himmel. „Welcher Tag im Monat ist es, Sir?", fügte er hinzu und wurde etwas munterer.

„Es ist der 21. Oktober, nicht wahr?"

„Aber, mein Gott! Ja, und so ist es!", rief er aus, und sein Gesichtsausdruck war durch die Annahme freudiger Gedanken zuckte. „Der Jahrestag von Trafalgar, so wahr ich Isaac heiße! An diesem Tag wurde Lord Nelson getötet. Mein Gott! Wenn ich daran denke! Ich sehe ihn jetzt", fuhr er fort und richtete seine Augen blind auf mein Gesicht. „ Ich vergesse nichts an ihm. Da ist sein Ärmel, der schön an seiner Brust festgesteckt ist, und die Flosse seines enthaupteten Körpers, die voller Aufregung in ihm arbeitet; da ist sein Dreispitz, der über den grünen Schatten herabgezogen ist und wie das Pflaster eines armen Mannes auf seiner Stirn liegt; da ist sein Auge, das einen Mann durch und durch sieht, als wäre es eine Ahle, und das andere Auge, das blind sein soll, imitiert das sehende, bis man nicht mehr sagen kann, welches welches ist, vor lauter Gesundheit. In den Wunden dieses Herrn steckte Mumm . Er trug seine Verluste, als wären sie Gewinne. Was für ein Mann! Es gibt nicht genug Gasthäuser in diesem Land, um auf die Erinnerung an die Gesundheit eines solchen Herrn anzustoßen. Es gibt keine . Das ist meine Beschwerde, Herr. Nicht genug Gasthäuser, sage ich , wenn man bedenkt, was er für dieses Großbritannien hier getan hat.'

Obwohl niemand in Tintrenale (wie ich die Stadt nenne) auch nur im Geringsten glaubte, dass der alte Isaac jemals Lord Nelson gesehen hatte, obwohl er schwor, dass er damals fünf Jahre alt war und sich daran erinnern konnte, wie seine Mutter ihn in ihren Armen über die Köpfe der Menge emporgehoben hatte, um den großen Admiral zu sehen – ich sage, obwohl niemand diesem alten Kerl glaubte, hörten wir alle seinen Beteuerungen zu, als ob wir ihm gern Glauben schenken wollten. In der Tat gefiel es uns zu glauben, dass es in unserer kleinen Gemeinde einen Mann gab, der den berühmten Seemann mit eigenen Augen gesehen hatte, und wir ließen die Sache in unseren Köpfen ruhen wie eine Art ehrenhafte Tradition, die wir nicht sehr gern gestört hätten. Doch dieses Gerede von Nelson in dem alten Isaac hatte mehr zu bedeuten, als man hörte; es war tatsächlich seine Art, um einen Drink zu bitten, und da er wenig oder nichts zum Leben hatte, außer dem, was er aus Almosen sammeln konnte, drückte ich ihm ein paar Schilling in die Hand, für die er mich so lange mit Gottes Segen segnete, bis ihm die Stimme versagte.

Ich hielt meinen Blick eine Zeit lang auf den Himmel gerichtet, um, wenn möglich, die Richtung zu erkennen, in die sich das große, geschwollene Wolkendach bewegte, damit ich wusste, aus welcher Richtung der Wind kommen würde, wenn er aufkommen würde; aber die düsteren, grünlichen Schattenhaufen hingen ebenso reglos wie stumm über Land und Meer. Nicht der geringste lose Flügel eines Scud war zu sehen. Es war ein wunderbar atemloser Himmel aus stürmischer Düsternis, und das Meer an seinen Grenzen zwischen den beiden Landspitzen schien sich in seinem mittleren Teil wie angeschwollen zu erheben, aufgrund der Illusion der Linie aus blassem Schatten dort und einer Vertiefung auf beiden Seiten, die durch eine rauchige Vermischung der Atmosphäre mit den Wasserflächen verursacht wurde.

Während ich da stand und die trübe Szenerie betrachtete, die mit der unmerklichen Verdichtung der Luft allmählich dunkler wurde , fielen mehrere Regentropfen, jeder so groß wie eine halbe Krone.

„Macht euch bereit für einen Blitzeinschlag“, rief der alte Isaac mit zitternder Stimme. „ Wenn die Wolken aufreißen, stürzt alles Wasser, das sie enthalten, herunter und macht dem Wind Platz!“

Aber es blitzte nicht. Der Regen hörte auf. Die Stille schien sich in meinen Ohren zu vertiefen, und ich hatte das Gefühl, als würden die Schatten über mir immer dichter zusammenrücken.

„ Es ist auch nicht so warm “, sagte der alte Isaac, „und doch ist es ein so wahres Tropenschauspiel, wie es die alte Jamaikey selbst nur bieten konnte “.

Jedes Geräusch war erschreckend deutlich zu hören – die Rufe und Schreie der Leute in der Nähe des Piers, als sie ihre Boote anlegten; das Knirschen der Kiele auf dem harten Sand, wie das Geräusch von Schlittschuhen auf dem Eis; das tiefe, orgelartige Summen der größeren Brandung, die an die Küste hinter Bishopnose Point schlug; das Rattern der Fahrzeuge auf den steinigen Straßen hinter mir; das Schlagen einer Kirchenglocke – das heisere

Brüllen eines Straßenhändlers, der „Fisch" anpries: Es war wie die Stille, von der man liest, dass sie vor einem Erdbeben eintritt, und ich gestehe, dass ich Ehrfurcht, ja sogar Angst verspürte, als ich da stand und lauschte und hinsah.

Ich hing fast zwei Stunden lang im Bootshaus herum und erwartete jede Minute, die weiße Linie des Windes über das Meer in die Bucht fegen zu sehen; denn inzwischen hatte ich mich selbst davon überzeugt, dass die Bewegung dort oben aus Westen kam; aber in all dieser Zeit wurde die glasglatte dunkelgrüne Oberfläche der Dünung nicht ein einziges Mal durch den kleinsten Lufthauch getrübt. Nur eines fehlte, bevor ich es jetzt bemerkte: Ich meine einen seltsamen, schwachen Salzgeruch, wie von verdorbenem Seetang, ein etwas ekelhafter Geruch von Schlamm. So etwas hatte ich hier in der Atmosphäre noch nie gekostet; was es bedeutete, konnte ich mir nicht vorstellen. Einer von der Besatzung meines Bootes, der angehalten hatte, um ein paar Worte mit mir über das Wetter zu wechseln, nannte es den Geruch des Sturms und sagte, er stamme von einer entfernten Störung, die sich meilenweit durch das Meer bewegte, so wie der Tau des Körpers durch die Poren der Haut ausgeschieden wird.

Derselbe Mann war auf die Anhöhen nahe Hurricane Point gestiegen, um sich den Ozean anzusehen, und erzählte mir nun, dass nichts zu sehen sei, außer dem Schimmer eines Segels weiter unten im Nordwesten, das fast von der Dunkelheit verschluckt wurde. Er hatte kein Fernglas dabei und konnte mir nicht mehr sagen, als dass es die Segel eines Schiffes war.

„Nun", sagte ich, „nichts, außer Dampf, wird sich in dieser erstaunlichen Stille zeigen." Und während ich das sagte, drehte ich mich um und ging gemächlich nach Hause.

Wir aßen um ein Uhr zu Abend. Wir waren nur zu zweit, Mutter und Sohn; und während ich schreibe, taucht das kleine Bild dieses Salons vor meinen Augen auf und treibt mir Tränen in die Augen, wenn ich an das liebe, gute, zarte Herz denke, das ich in dieser Welt nie mehr sehen werde – wenn ich das weiße Haar sehe, das freundliche, gealterte Gesicht, die wehmütigen Blicke, die auf mir ruhen, und die leisen Seufzer höre, die ihr entwichen, wenn sie den Kopf drehte, um einen Blick durch das Fenster auf die dunkle, bösartige Verbindung von Meer und Himmel zu werfen, die die Weite zwischen den Landzungen beherrschte, und auf das häufige Aufblitzen des Schaums auf jenen bösen Felsen, die auf die wogenden Wasser herab im Süden grinsten. Ich konnte erkennen, dass die Erinnerung an ihren Traum wie ein Schatten auf ihr lag. Mehrmals richtete sie ihren Blick von meinem Gesicht auf das Porträt meines Vaters an der Wand ihr gegenüber. Doch sie sprach nicht wieder von dem Traum. Sie sprach von dem hässlichen Anblick des Himmels und fragte, was die Männer unten am Pier davon hielten.

„Sie sind sich einig, dass es in einem Sturm enden wird", antwortete ich.

„Es ist kein Schiff in der Bucht", sagte sie, hob eine goldumrandete Brille vor die Augen und spähte aus dem Fenster.

„Nein", sagte ich. „Und die See ist kahl, bis auf ein einziges Segel irgendwo unten im Nordwesten."

Sie lächelte, als hätte sie eine gute Nachricht erhalten. Sie wusste, dass das Rettungsboot nicht gerufen werden würde, wenn die Bucht und das Meer dahinter leer blieben.

Nach dem Abendessen saß ich dicht am Feuer und rauchte meine Pfeife – denn die bleierne Farbe in der Luft ließ die Atmosphäre irgendwie kalt erscheinen, obwohl wir schon zu weit im Westen waren, um irgendeinen Hauch herbstlicher Rauheit zu spüren – und meine Mutter saß mir gegenüber und studierte durch ihr Fernglas eine Lokalzeitung mit den Neuigkeiten aus der Gegend der vergangenen Woche. Da kam der Pfarrer von Tintrenale , der Reverend John Trembath, zufällig an unserem niedrigen Fenster vorbei, schaute hinein, erspähte den Umriss meiner Gestalt im Feuer, klopfte an die Scheibe und ich rief ihm zu, hereinzukommen.

„Also, Herr Steuermann", sagt er, „wie soll dieses Wetter denn bitte enden? Ich habe gehört, dass ein Schiff auf diese Bucht zusteuert."

„Das hoffe ich nicht", sagt meine Mutter leise.

„Wie weit ist sie entfernt?", fragte ich.

„Nun", antwortete er, „ich habe gerade den alten Roscorla getroffen. Er kam gerade aus Bishopnose und erzählte mir, dass ein Rahschiff bei leichtem Westwind vorbeikam und offenbar direkt auf diese Bucht zusteuerte."

„Sie kann das Ruder wechseln", sagte ich, der zwar kein Seemann war, aber doch mit den Bedingungen der Seefahrt einigermaßen vertraut war. „Wenn ein Wind aus Westen aufkommt, wird sie hier keinen Schutz finden."

„Und daher kommt es", sagte Herr Trembath.

„ Oh , wenn der Himmel doch nur ein wenig auflockern würde – wenn ein kurzer Sonnenstrahl!", rief meine Mutter plötzlich und sprang halb von ihrem Stuhl auf, als wolle sie zum Fenster gehen. „An einem Tag wie diesem bedrückt mich etwas, als käme Kummer. Glauben Sie an Träume, Mr. Trembath?" Und jetzt sah ich, dass sie von ihrem Traum sprechen wollte.

„Nein", sagte er unverblümt. „Es genügt, an das zu glauben, was für unsere geistige Gesundheit gut ist. Ein Traum hat noch nie eine Seele gerettet."

„Meinen Sie?", fragte ich. „Aber ein Mensch kann in einer Vision einen Hinweis erhalten und dadurch davor bewahrt werden, etwas Böses zu tun."

„Was war Ihr Traum?", fragte Mr. Trembath und wandte sich an meine Mutter. „Sie hatten einen Traum, und ich sehe die Erinnerung daran in Ihrem Gesicht, wenn Sie mich ansehen."

Sie erzählte ihm von ihrem Traum.

„Pst! Pst!", rief er, „ein kleiner Anfall von Magenverstimmung. Ein kleines Glas Ihres ausgezeichneten Kirschbrands hätte all diese Grobheiten Ihrer schlummernden Fantasie korrigiert."

Nun, nach einem zehnminütigen Plausch, der dem ehrenwerten Geistlichen noch genug Zeit ließ, mit uns ein Glas des Kirschbrands anzustoßen, den er meiner Mutter empfohlen hatte, ging er weg, und kurz darauf ging ich zum Pier hinunter, um einen Blick auf das Schiff zu erhaschen. In all diesen Stunden hatte sich das Wetter überhaupt nicht verändert. Der Himmel mit seinen dunklen Wolken hatte das gleiche geschwollene, feuchte und finstere Aussehen wie seit dem frühen Morgen, aber die büschelartigen, gewitterfarbenen Dunsthaufen waren geglättet oder von der zunehmenden Dichte absorbiert worden, die die Atmosphäre so dunkel machte, dass man hätte meinen können, die Sonne sei untergegangen, obwohl es kaum drei Uhr nachmittags war. Die Dünung hatte zugenommen; sie rollte jetzt mit Gewicht und Volumen in die Bucht, und die Brandung hörte bereits ein leises Brüllen, und das Geräusch, wo sie an den Landzungen vorbei seewärts brodelte, hatte einen noch tieferen Ton. Es wehte ein leichter Wind, aber bisher hatte er das Wasser nur in Falten gebürstet, die dem Ozean eine neue Farbe verliehen – eine Art tintengrün – ich weiß nicht, wie ich es beschreiben soll. Jeder Schaum auf den Twins oder Deadlow Rock war wie ein weißer Feuerblitz, so düster war die Oberfläche, auf der er spielte.

Hurricane Point versperrte die Sicht auf das Meer im Nordwesten, sogar vom Pierkopf aus, und das Schiff war nicht zu sehen. Eine Gruppe von Fischern hielt Ausschau, ein oder zwei von ihnen gehörten zur Rettungsbootbesatzung; und unter diesen Kerlen war der alte Isaac Jordan, der, wie ich leicht erraten konnte, meine zwei Schilling versoffen hatte. Er trug einen gelben Südwester über seinem langen eisengrauen Haar und taumelte von einem Mann zum anderen, mit ausgestrecktem Arm und in der Luft greifenden Fingern, während er mit der schrillen Stimme des Alters argumentierte, die von den Schlucken, die er geschluckt hatte, noch geschwollen war.

Ich sage euch, es wird eine Luftbeben ", rief er, als ich näher kam. „Ich erinnere mich an solches Wetter im Jahr 1818 , und es gab ein Beben um Mitternacht, das die Leute in Faversham dazu veranlasste, aus ihren Betten zu steigen und auf die Straße zu rennen; ein zweites Beben trat in Whitstable auf und ließ das Bier des Ortes sauer werden. Machen Sie sich bereit für ein Luftbeben , sage ich. Hier ist Mr. Tregarthen, ein Gelehrter . Leute wie ich, die alt genug sind, um der Großvater des Ältesten von euch allen zu sein, können mit einem Gelehrten vernünftig reden und sind zufrieden, wenn er sich irrt, wenn er sich nicht herablässt, euch die Wahrheit zu sagen. Und das sage ich. Mr. Tregarthen –'

Aber ich habe ihn still beiseite gelegt.

„Kein Geld mehr für dich, Isaac", sagte ich, „soweit es meine Börse betrifft, bis du abstinent wirst. Es ist errötend genug für die eigene Spezies, einen so alten Mann zu sehen –"

„Mr. Tregarthen", unterbrach er ihn, „Sie sind ein Gin-Mann , nicht wahr ? Was habe ich gesagt? Bringt Sie ein Tropfen Milch und Wasser dazu, für einen Mann rot zu werden?"

Einige der Jungs lachten.

„Und wie oft", fuhr er fort, „ jährt sich der Jahrestag der Schlacht von Trafalgar ? Heute ist der 20. Oktober, und ich sehe ihn jetzt, Mr. Tregarthen, so wie ich Sie sehe – seine rechte Flosse bewegt sich , seine Arme ruht auf seiner Brust –"

„Komm mit, Isaac!", rief einer der Männer, packte den alten Kerl am Arm und trug ihn davon.

KAPITEL II.

EINE STURMNACHT.

Ich hing über der Reling des Piers und blickte auf die Wellen hinab, die sich zwischen den schwarzen und schleimigen Stützpfeilern des Bauwerks in weißes Wasser auflösten, und warf von Zeit zu Zeit einen Blick auf die nördliche Landzunge, aus der das Schiff, wie ich von den Männern um mich herum erfuhr, bald herauskommen würde, obwohl noch niemand mit Sicherheit sagen konnte, ob es unsere Bucht ansteuerte, obwohl es direkt auf das Land zusteuerte. Eine halbe Stunde verging, und dann zeigte es sich: sein Bugspriet und seine Klüver gabelten sich hinter der schokoladenfarbenen Klippe , und die Plötzlichkeit dieses Auftauchens der weißen Flügel von Klüver und Stagsegel ließ die Leinwand für einen Moment gespenstisch aussehen vor dem dunklen, herabhängenden, rauchfarbenen Himmel , der über dem Meer hing, wo es sich befand – so gespenstisch, sage ich, wie der Schimmer von Schaum um Mitternacht oder ein Schimmer Mondschein, der wie ein Speer durch einen Riss fällt und einen kleinen Lichtfleck inmitten eines schwarzen Ozeans bildet.

Ich beobachtete sie neugierig. Sie war etwas weniger als drei Meilen entfernt und kam sehr majestätisch unter vollen Segeln in Fahrt, wobei sie ihre drei Spitzen – von denen die beiden vordersten bis an die Lastkähne gespannt waren – mit der Majestät eines Kriegsschiffs rollte. Wir konnten uns jetzt vergewissern, dass sie auf die Bucht zusteuerte und an Land gehen sollte. Es wehte immer noch ein sehr leichter Wind, was die Stille des Sturmschattens über uns zu einem ständigen Wunder machte; und das Schiff, das wir jetzt als eine Barke von etwa vierhundert Tonnen erkennen konnten, glitt sehr langsam in die Bucht. Ihre Segel schwangen, als sie rollte, und ließen sie wie ein Blitz aus ihr herausschimmern, und man sah den Schimmer der Segel in den Wellen der Dünung, die sie jagte und unter ihr hindurchschwamm, breiter werden, so sehr spiegelte das Wasser, trotz der leichten Faltenbildung durch den schwachen Luftzug.

„Ein Ausländer“, sagte ein Mann neben mir.

„Ja“, sagte ich und betrachtete sie durch ein kleines, aber starkes Taschenteleskop. „Dieser grüne Dienstwagen gehört keinem Engländer. Er hisst seine Flagge ! Jetzt habe ich ihn – einen Dänen!“

„Warum will sie hierherkommen?“, rief ein anderer aus der kleinen Gruppe von Männern, die sich um mich geschart hatten. „Da stimmt was nicht, das gebe ich zu.“

„Der Herr ist vielleicht betrunken “, sagte ein Dritter.

„Er wird unseren hässlichen Küstenabschnitt in Lee liegen lassen, wenn der Wind aus Westen kommt , und wenn nicht von dort, wer kann es erraten, woher er sonst kommt?", rief ein ruppiger alter Kerl und spähte mit struppiger, gerunzelter Stirn auf das Schiff.

„Ihr Kapitän hat vielleicht einen Wettertrick, den wir nicht verstehen", sagte ich. „Wenn der Sturm aus dem Norden kommt, wird er dort gut daran tun, seinen Anker zu werfen; aber wenn es andersherum kommt – nun, ich nehme an, einige unserer Jungs werden ihm einen Rat geben. Vielleicht hat ihn der Anblick der Bucht in Versuchung geführt; oder er hat einen Kranken oder Toten an Land zu bringen."

„Vielleicht hat er vor, uns heute Abend einen Job zu verschaffen ", sagte einer der Männer meines Rettungsboots.

Wir beobachteten weiter. Bald begann sie, die Segel zu reffen, und die gemächliche Art und Weise, in der die Segel zuerst zusammengerollt und dann wieder zusammengezogen wurden, war für ein nautische Auge die Gewissheit, dass sie nicht überbemannt war. Ich konnte die Gestalt eines kleinen, stämmigen Mannes erkennen, der offenbar vom Dach eines Langhauses achtern Befehle gab, und ich konnte die Gestalt eines anderen Mannes erkennen, der jung zu sein schien und mit einem Anschein müßiger Ruhelosigkeit hin und her huschte , obwohl er in Abständen innehielt und die Stadt und das Küstenvorland mit seinem Teleskop absuchte.

Etwa um diese Zeit ließen fünf Männer ein schnelles, leistungsstarkes Boot nach Walfangart von dem Sande zu Wasser, auf den es am Morgen weit hinter der Hochwassermarke gezogen worden war. Sie zogen das kleine Tuch über eine Reihe gut gefetteter Planken oder Kufen und sprangen hinein, als sein Bug die erste Wasserwelle traf, und im Nu waren ihre Ruder ausgefahren und sie trieben das Boot auf die Bark zu, wobei die Gischt vom Bug bis zum herkulischen Schwung der Ruderblätter spritzte. Dieses Boot wurde hauptsächlich für solche Besorgungen verwendet – um Hilfe an Bord von Schiffen zu bringen, die sie brauchten – um Lotsen abzuholen und an Land zu bringen und dergleichen. Die Bark bewegte sich so langsam , dass sie noch immer mit den Ankern an den Klampen in die Bucht trieb und ein paar Männer an den Rahen das leichtere Segeltuch einrollten, als das Boot neben ihr herschoss. Als die Fremde etwa anderthalb Meilen von der Pier entfernt war, von der aus ich sie beobachtet hatte, ließ sie ihre Marssegelfalle los – sie hatte Einzelsegel an Bord –, und wenige Minuten später fiel ihr Anker und sie schwang langsam mit dem Bug in die Dünung und den leichten Wind.

Kaum hatte sie das ausgeworfene Kabel wieder an sich gezogen, als das Boot, das zu ihr gefahren war, von ihrer Seite abkam. Die Männer ruderten gemächlich; man konnte am Auf und Ab der Ruder erkennen, dass ihr Auftrag eine Enttäuschung gewesen war, dass es nichts zu verdienen, nichts zu tun gab und weder Hilfe noch Rat nötig war. Ich ging zu dem Teil des Sandes hinunter, wo sie an Land gehen würde, musste aber warten, bis ihre Mannschaft sie aus dem Wasser geführt hatte, bevor ich Neuigkeiten erfahren konnte. Unsere Stadt war so langweilig, unsere Denkgewohnheiten so primitiv, dass sie fast kindlich wirkten – die Bucht war für lange Zeiträume so uninteressant, dass die Ankunft eines Schiffes, wenn es sich nicht um ein Kutter oder Kohlenschiff handelte, bei uns die Art von Neugier weckte, die ein Neuankömmling in einem kleinen Dorf entwickelt. Ein Schiff, das in der Bucht anlegte, war etwas, das man sich ansehen konnte, etwas, worüber man spekulieren konnte; und dann bestand unter den Hafenarbeitern immer die Erwartung, ein paar Pfund damit zu verdienen.

Nachdem das Boot sicher und trocken an Land gebracht worden war, rief ich ein Besatzungsmitglied an und fragte ihn nach dem Namen des Schiffes.

„Die *Anine* ", sagt er.

„Was ist mit ihr los?", sagte ich.

„Nichts als Angst vor dem Wetter, das gebe ich zu", sagte er. „Sie kommt aus Cuxhaven und ist auf dem Weg nach Party Alleggy oder in irgend so ein kleines Loch da unten in Brasilien ."

„Porto Allegre, also?", sagte ich.

„Ja", antwortete er, „das kommt dem Namen, den wir bekommen haben , schon näher . Sie hat eine Stückgutladung an Bord. Der Kapitän liegt in der Kajüte; der Erste Offizier hat sich vor Texel das Bein gebrochen, und sie haben ihn an Bord eines Schiffes nach Partsmouth gebracht . Der verantwortliche Kerl nennt sich Damm. Ich habe verstanden , Er ist Zimmermann und fungiert als zweiter Kumpel. Aber wer soll einem solchen Kauderwelsch folgen, wenn er spricht?‘

„Er wurde mit der Erlaubnis seines Meisters hierhergebracht, nehme ich an?"

„Das kann ich Ihnen nicht sagen", antwortete er, „denn ich weiß es nicht. Es kommt mir so vor, als wäre diese Überquerung hier Mr. Damms eigene Arbeit. Er schiel und ich mag sein Aussehen nicht besonders. Er zeigte nach oben und schüttelte den Kopf und gab uns zu verstehen, dass er hier war, um Hilfe zu holen . Jimmy, also ein Besatzungsmitglied, zeigte auf die Zwillinge, und Mr. Damm grinste und sagte: „Gier, gier, Punkt ist richtig!‘"

„Aber wenn er auf dem Weg nach Brasilien ist ", sagte ich, „wie kommt es dann, dass er sich auf dieser Seite von Land's End befindet? Porto Allegre liegt nicht in Wales."

Hier sagte ein anderes Besatzungsmitglied, das sich uns angeschlossen hatte: „Ein Mann, der ein bisschen Englisch sprach, hat mir gesagt, dass sie nach

Swansea unterwegs waren , aber was sie zusätzlich zu der Stückgutladung mitnehmen sollten, kann ich nicht sagen."

Die Matrosen an Bord des Schiffes rollten jetzt langsam die Segeltuche auf die Rahen. Es war ein Schiff mit Mauerseiten, einer weißen Galionsfigur und einem eckigen Heck, und es neigte sich so stark auf der Dünung, die bis vor den Bug schwappte, dass man sich nur fragen konnte, wie es ihm ergehen würde, wenn es richtig losginge, bei einer See wie der des wütenden Atlantiks, die diese felsige Küstenbucht traf. Es rollte ebenso regelmäßig, wie es knickste, und gab uns den Blick auf ein Band neuer Metallverkleidung frei, das mit einem matten, rostigen Schimmer aus dem Wasser ragte, als ob es von einem rasch verschwindenden stürmischen Sonnenlicht berührt worden wäre. Die weißen Linien ihrer aufgerollten Leinwand mit dem zarten Geflecht aus Wanten und Laufgeschirr, die feinen Fasern ihrer schlanken Mastspitzen mit einem roten Punkt in Form einer Hundefahne am Besanmast – kurz gesagt, der gesamte Körper des Schiffes hob sich mit einer erlesenen Klarheit ab, die das wogende Gewebe wie ein erlesen gearbeitetes Spielzeug auf dem dunklen, stürmischen Grün erscheinen ließ, das an ihr vorbei auf und ab ging, und vor dem niedrigen und bedrohlichen finsteren Himmel dahinter.

Ein tieferer Schatten schien in die Atmosphäre eingedrungen zu sein, seit sie ihren Anker geworfen hatte. Tief unten an ihrem Backbord spritzte der Schaum auf die schwarzen Twins und den größeren Felsen dahinter, und die Bucht war scharf von der Brandung umrissen, die sich in einer wollweißen Kurve von einer Spitze zur anderen drehte, aber ein helleres Weiß annahm, als sie sich zu jenen Enden des Landes hin ausdehnte, die den tieferen Gewässern und der größeren Dünung trotzten.

Die Glocke der St. Saviour's Church schlug fünf – Teezeit; und als ich mich auf den Heimweg machte, wurden an Bord der Barke zwei Glocken geschlagen , und der leichte Küstenwind trug die fernen Töne mit der märchenhaften Zartheit leiser Musik an mein Ohr, die perfekt mit dem spielzeugartigen Aussehen des Schiffes korrespondierte. Ein Besatzungsmitglied des Bootes begleitete mich ein kurzes Stück auf dem Weg zu seiner eigenen bescheidenen Hütte in Swim Lane.

„Wenn dieser Holländer", sagte er – und mit „Holländer" meinte er Dänen, denn dieses Wort umfasst in Jacks Sprache alle skandinavischen Nationen – „wenn dieser Holländer, Mr. Tregarthen, weiß, was gut für ihn ist, wird er den Anker lichten und loslegen, bevor es zu spät ist."

„Haben Sie den Kapitän gesehen?"

„Nein, Sir. Er liegt schwer erkrankt in seiner Kabine."

„Ich glaubte, oben auf dem Deckshaus zwei Männer auszumachen, die das Kommando zu haben schienen – der eine war der Kapitän, der andere der Maat, wie ich annahm."

„Nein, Sir, der Kapitän ist unten. Einer der beiden Männer, die Sie gesehen haben, war der Zimmermann Damm; der andere war ein Junge – er sah aus wie ein Passagier, obwohl er wie ein Matrose gekleidet war. Ich hörte ihn keine Befehle geben, obwohl seine Augen überallhin zu blicken schienen und er genau zu wissen schien, was vor sich ging. Einen ähnlicher aussehenden Jungen sehe ich nie. Der Sohn eines Kapitäns , nehme ich an."

„Nun", sagte ich und blickte nach oben und um mich herum, „trotz des betrunkenen alten Isaac und seiner Vorhersage von ‚ Luftbeben ‘, wie er sie nennt, ist es meiner Meinung nach ebenso wahrscheinlich wie unwahrscheinlich, dass all diese Düsternis so enden wird, wie sie begann – in Ruhe."

Der Mann – einer der intelligentesten unserer Hafenarbeiter – schüttelte den Kopf.

„Das Barometer lügt nicht, Sir", sagte er; „der Abfall war zu langsam und regelmäßig, um nichts zu bedeuten. Ich habe schon erlebt, wie ein Sturm losbrach, nachdem er zwei Tage lang mit angehaltenem Atem auf das Meer geblickt hatte, wie er es jetzt tut . Diese lange Stille hier ist das Schlimmste, und – ersticken Sie mich! Mr. Tregarthen", sagte er, blieb stehen und wandte sein Gesicht dem Meer zu, „wenn der Luftzug, der gerade wehte, nicht vorbei ist!"

Es war, wie er gesagt hatte. Der leichte Lufthauch war verstummt, und die Dünung rollte herein, glänzend wie flüssiges Glas.

Diese ganztägige, außergewöhnliche Pause in der bedrohlichsten Wetterlage, von der ich je gehört hatte – und ich hatte so etwas noch nie erlebt – schien jedem Lebewesen, auf dem mein Blick ruhte, eine atemlose Spannung zu verleihen. Sogar die Hunde schienen sich eingeschüchtert zu bewegen, als hätten sie gerade eine Tracht Prügel bekommen. Es war keine Lebhaftigkeit zu spüren – kaum eine Bewegung, überhaupt war irgendetwas zu sehen. Die Männer hingen in kleinen Gruppen herum und unterhielten sich leise, als stünden sie vor einem Problem, das die ganze Gemeinde betroffen hatte. Die Luft bebte vom Geräusch der Brandung, und in dieser Stimme, die aus der unnatürlichen dunklen Stille auf See und Land klang, lag ein Unterton, der die Aufmerksamkeit auf etwas Neues und sogar Beunruhigendes lenkte. Ein Händler, mit Schürze und ohne Hut, kam an die Tür seines Ladens, sah sich unruhig um und sprach vielleicht ein Wort mit einem Kunden, der hereinkam, bevor er um die Theke ging und ihn bediente. Die Möwen flogen dicht an die Küste und schrien laut. Hier und da konnte man, eingerahmt von einer dunklen Fensterscheibe, ein altes Gesicht sehen, das blass im Schatten auf das Wetter blickte.

Ich stellte fest, dass meine Mutter durch das Aussehen des Schiffes ziemlich beunruhigt war. Sie fragte mit einer Verdrießlichkeit, die ich selten bei ihr erlebt hatte: „Was will sie? Warum kommt sie hierher? Wollen sie die Vernichtung herbeiführen?"

Ich erzählte ihr alles, was ich über das Schiff erfahren hatte.

„Es gab keinen Grund für sie, hierher zu kommen", sagte sie. „Ihr lieber Vater hätte Ihnen gesagt, dass ein Schiff bei stürmischem Wetter umso sicherer ist, je weiter es auf dem Meer ist. Und jetzt kommen die dummen Dänen, um sich zwischen Felsen zu verstecken und über die Ratschläge unserer Leute zu spotten, während der Himmel bedrohlicher aussieht, als ich ihn je in Erinnerung hatte. Wer könnte Geduld mit solchen Leuten haben?", rief sie und schenkte den Tee mit einem Ausdruck der Zerstreutheit und einer aufgeregten Hand ein. „Wenn es keine solchen Seeleute wie diese auf See gäbe, bräuchte man sicher keine Rettungsboote, und tapfere Kerle müssten nicht ihr Leben riskieren und vielleicht ihre Frauen und kleinen Kinder dem Hungertod überlassen, um Leuten zu helfen, die aufgrund ihrer Dummheit fast nicht mehr zu retten sind."

„Aber Mutter", rief ich, „so redest du normalerweise nicht über solche Dinge."

„Ich bin deprimiert", antwortete sie. „Der Tag hat meine Stimmung getrübt . Ein höchst melancholischer, schwerer Tag, in der Tat! Höre, meine Liebe! Ist das nicht das Geräusch des Windes?"

Sie schaute gespannt hin und spitzte die Ohren.

„Ja", sagte ich, „der Wind ist endlich da, Mutter", und hörte, als sie noch sprach, das dumpfe Ächzen im Schornstein, das von einem plötzlichen Windstoß herrührte, der über das Dach fegte. „Aus welcher Richtung weht er? Das muss ich herausfinden!"

Ich rannte zur Haustür, und als ich sie öffnete, wehte der Wind mit der Wucht eines plötzlichen Sturms direkt aus der Dunkelheit über dem Meer. Er erfüllte das Haus, und sein Gewicht war so groß, dass ich die Tür nur mit Mühe aufschieben konnte. Es war erst Viertel vor sechs, aber der Schatten der Nacht war hereingekommen und hatte den Schatten des Sturms noch vertieft, und es war bereits so dunkel wie Mitternacht. Ich ging zum Fenster und zog die Vorhänge beiseite, um einen Blick auf die Bucht zu werfen, aber die Glasscheiben waren durch die schwarze Atmosphäre draußen zu einer Art Spiegel geworden, und als ich hinschaute, gaben sie mir mein eigenes Gesicht zurück, dunkel schimmernd, und die Spiegelung der Gegenstände

im Zimmer – die Lampe mit ihrem grünen Schirm auf dem Tisch, das
Funkeln des Silbers und des Porzellans des Teegeschirrs und die Gestalt
meiner Mutter dahinter. Doch als ich genauer hinsah, konnte ich den gelben
Schimmer erkennen , der das Fahrtlicht der dänischen Barke anzeigte – die
Laterne, die am Vorstag eines Schiffes hängt, wenn es vor Anker liegt.
Ansonsten war es, als ob ich in einen Brunnen hinuntersah. Außer dem
Aufblitzen der Gischt, die direkt neben dem Haus auf den Strand prasselte,
war nichts zu sehen.

„Aus welcher Richtung kommt der Wind, Hugh?", rief meine Mutter.

„Von Westen, mit einem Hauch von Süden, direkt an der Küste. Es ist, wie
ich es den ganzen Tag erwartet habe."

Diese stürmische Nacht begann mit Böen und Sturmböen, dazwischen
immer wieder Ruhepausen, die nicht wenig trügerisch waren, da sie einen
glauben ließen, der Wind sei für immer verschwunden. Doch während dieser
Glaube wuchs, ertönte ein weiteres kreischendes Aufwallen und ein leises
Brüllen aus dem Schornstein und ein so schrilles und klagendes Pfeifen in
den Fenstern, die man durch keine Zimmermannskunst hermetisch gegen
die Winde dieser wilden, zerklüfteten Westküste abdichten konnte, dass man
sich hätte vorstellen können, die Luft sei erfüllt von den Geistern
verstorbener Bootsmänner, die auf ihren silbernen Pfeifen spielten, während
sie im Wettlauf der schwarzen Luft weiterrasten.

Kurz vor sieben hatte es sich zu einem Sturm entwickelt, der langsam, aber
hartnäckig an Kraft gewann, wie ich an den allmählich höher werdenden
Tönen seines Summens und am immer stärker werdenden Donnern der sich
bekämpfenden Wogen erkennen konnte, die in die Brandung stürzten und
auf Sand und Felsen zerbarsten. Zeitweise kam er auch in einem wütenden
Spiel der Nässe daher; der Regen peitschte gegen die Fenster wie kleine
Schüsse, und zweimal gab es einen grellen Blitz, der spiralförmig und
purpurn schien; doch wenn Donner folgte, ging er im Tosen des Windes
unter. Es war eine Nacht zum „Bereithalten", wie ein Seemann sagen würde;
jeden Moment konnte ein Ruf kommen, und solange dieses Wetter hielt,
wusste ich, konnte ich nicht schlafen. Es wäre tatsächlich egal gewesen, mit
oder ohne Barke , denn diese Nacht würde die Gewässer entlang unserer
Küste zur Hölle machen; im Umkreis von fünfundzwanzig Meilen gab es
keine andere Rettungsstation, und selbst wenn die Bucht, wie gesagt, leer
gewesen wäre, hätte ich als Steuermann des Bootes auf einen Ruf warten
müssen – auf die Töne der Glocke, die uns zur Rettung eines Schiffes rief,
das vom Meer in die Bucht getrieben worden war – auf einen atemlosen
Hilferuf eines berittenen Boten, den die Küstenwache Meilen entfernt
ausgesandt hatte , um mir mitzuteilen, dass ein Schiff gestrandet sei und alle
Mann umkommen würden, wenn wir nicht zu ihm eilten.

Meine Mutter saß schweigend da, ihr Gesicht war vor Angst streng. Es war etwa acht Uhr, als jemand hastig an die Tür klopfte. Ich rannte hinaus, da ich zu eifrig auf den Dienstboten warten wollte; aber statt der groben Gestalt eines Bootsmanns, die ich erwartet hatte, stürzte Mr. Trembath herein, der von der Gewalt des Windes mehrere Meter den Gang entlanggetragen wurde, bevor er sich wieder aufrichten konnte. Ich stemmte meine Schulter gegen die Tür, glaubte aber, ich hätte um Hilfe rufen müssen, um sie zu schließen, so verzweifelt war der Widerstand.

„Was für eine Nacht! Was für eine Nacht!", rief der Geistliche. „Was gibt es Neues? Sie wollen mir doch nicht erzählen, Tregarthen, dass das Schiff dort drüben diesem Wind und der See standhalten kann?"

„Bitte, treten Sie ein", sagte ich. „Sie sind mutig, sich ihm zu zeigen!"

„Oh, pfui!", rief er. „Ein Geistlicher hat ebensowenig wie ein Seemann Angst vor dem Wetter. Ich fürchte, Sie werden gerufen, Tregarthen. Ich dachte, ich schaue mich mal um – ich habe meine Predigt für morgen früh beendet." Und während er so unzusammenhängend sprach und seinen Mantel auszog, betrat er das Wohnzimmer .

Nachdem er sich aufgewärmt und ein paar Sätze mit meiner Mutter über das Wetter gewechselt hatte, begann er über die Barke zu reden .

„Hört euch das an!", rief er, als der Wind mit einem Krachen gegen die Vorderseite des Hauses schlug, das in seinem Klang etwas von der Wucht eines großen Meeres hatte, während man es über sich als Donnergrollen hörte, stets durchdrungen vom Echo herabströmender Wassermassen. „Welche von menschlicher Geschicklichkeit gewirkten Kettenkabel können angesichts all dessen ein Schiff halten?"

„Was haben sie hier zu suchen?", rief meine Mutter.

„Ich habe gerade den jungen Beckerley getroffen ", fuhr Mr. Trembath fort, „und er erzählte mir, dass unter unseren Leuten Gerüchte im Umlauf seien, dass es an Bord dieses Dänen eine Meuterei gegeben habe."

„Mir wurde nichts darüber gesagt", sagte ich.

„ Beckerley war in der Mannschaft, die an Bord ging", fuhr er fort. „Wahrscheinlich hat er sich eine Meuterei vorgestellt – hat die düsteren Blicke der Dänen als Aufruhr missverstanden. Jedenfalls sollte nichts außer einer Meuterei einen Kapitän dazu rechtfertigen, auf einer Reede wie dieser vor Anker zu gehen, angesichts des hässlichsten Himmels, den ich je in meinem Leben gesehen habe."

„Man sagte mir, der Kapitän sei unten, krank und hilflos", sagte ich.

Er ging zum Fenster und zog die Vorhänge zur Seite, um hindurchzuspähen, doch die Nässe lief am Glas herunter, und es war, als würde man den Blick angestrengt auf eine Wand aus Ebenholz richten.

„Sehen Sie", fuhr er fort und kam zu seinem Stuhl zurück, „das Schiff hat diese tödlichen Felsen direkt unter seinem Heck, und selbst wenn seine Kabel nicht reißen, kann man nicht davon ausgehen, dass es nicht in der Dunkelheit auf sie zusteuert und auf sie zusteuert, vielleicht ohne dass seine Besatzung die Umgebung errät, bis es aufsetzt – und dann, Gott steh ihnen bei!"

„Ich nehme an, Pentreath", rief meine Mutter und nannte den zweiten Steuermann des Rettungsboots, „hält Ausschau?"

„Daran besteht kein Zweifel", antwortete ich. „Was das Treiben angeht", sagte ich zu Mr. Trembath, „sind die Dänen ebenso gute Seeleute wie die Engländer und verstehen ihr Geschäft; und ob Meuterei oder nicht, diese Kerle da unten werden nichts hinnehmen, ohne es vorher genau zu erraten und laut aufzuschreien, wenn es passiert. Sie werden schnell genug merken, ob ihr Schiff treibt; dann wird eine Leuchtrakete folgen und wir müssen natürlich raus."

„Wir!", sagte er bedeutungsvoll und blickte von mir zu meiner Mutter. „Ich hoffe, Sie werden es heute Abend nicht wagen, Tregarthen."

„Wenn der Ruf kommt, werde ich das ganz bestimmt tun", sagte ich und errötete, ohne jedoch einen Blick auf meine Mutter zu werfen. „Ich habe mich selbst zum Kapitän meiner Männer ernannt, und soll ich mich *von der gesamten Besatzung meines Bootes in einer Stunde der Not meiner Pflicht entziehen? Wenn so etwas passiert, schwöre ich beim Himmel, dass ich mich nicht noch einmal in Tintrenale blicken lassen werde*."

Herr Trembath schien ein wenig verlegen.

„Ich respektiere und bewundere Ihre Theorie der Pflichterfüllung", sagte er; „aber Sie sind kein alter Hase – Sie sind kein erfahrener Bootsmann in dem Sinne, wie ich ihn im Sinn habe, wenn ich an andere aus Ihrer Mannschaft denke. Hören Sie sich diesen Wind an! Er bläst wie ein Orkan, Hugh", rief er sanft aus; „Sie mögen das Herz eines Löwen haben, aber haben Sie die Geschicklichkeit – die Erfahrung –" Er hielt inne und sah meine Mutter an.

„Wenn der Ruf kommt, werde ich gehen", sagte ich und spürte, dass er nur meiner Mutter zuliebe dachte und dass sein Mitgefühl insgeheim bei mir war.

„Wenn der Ruf kommt, muss Hugh gehen", sagte meine Mutter. „Gott wird ihn beschützen. Er blickt auf keine edlere Arbeit in dieser Welt herab, keine, die seinen Segen und seine Gunst mehr verdient."

Herr Trembath neigte in einer herzlichen Geste seinen Kopf.

„Doch hoffe ich, dass niemand gerufen wird", fuhr sie fort. „Ich bin eine Mutter –" Ihre Stimme versagte, aber sie fasste sich wieder und sagte mit Mut, Kraft und Würde: „Ja, ich bin Hughs Mutter. Ich weiß, was ich von ihm zu erwarten habe, und was auch immer seine Pflicht sein mag, er wird sie erfüllen." Doch während sie das sagte, presste sie beide Hände auf ihr Herz, als ob das bloße Aussprechen dieser Worte es beinahe zerbrechen würde.

Ich trat an ihre Seite und küsste sie. „Aber der Ruf ist noch nicht gekommen, Mutter", sagte ich. „Vielleicht halten die Anker des Schiffes tapfer, und dann wird die lange dunkle Warnung des Tages die Küste wieder frei von Schiffen gehalten haben."

Sie antwortete nicht darauf, und ich nahm meinen Platz wieder ein, zutiefst erfreut über ihre Bereitschaft, mich zu begleiten, wenn eine Vorladung käme, auch wenn sie mir ihre Liebe durch die Wahrnehmung meiner Pflicht abgenötigt hatte; denn hätte sie widerwillig gehandelt, hätte sie ihre Zustimmung tatsächlich verweigert, wäre es mir egal gewesen. Ich würde gehen, ob ich nun ginge oder nicht, aber in diesem Fall mit schwerem Herzen, mit einem Gefühl der Auflehnung gegen ihre Wünsche, das mir viel Mut geraubt und ein Gefühl des Ungehorsams mit dem vermischt hätte, was ich als meine Pflicht und mein Wohl in den Augen Gottes und der Menschen erkannte.

Ich sah, dass es meine Mutter tröstete, Mr. Trembath bei sich zu haben, und als er anbot mitzukommen, bat ich ihn, anzuhalten und mit uns zu Abend zu essen, und er willigte ein. Es war keine Zeit, in der sich eine Unterhaltung sehr gut entwickeln konnte. Der Lärm des Sturms allein war schon betäubend genug, und dazu kam die Ruhelosigkeit der Erwartung, die Überzeugung in meinem eigenen Herzen, dass der Ruf früher oder später kommen müsse; und jeden Augenblick, in dem ich sprach - und dabei ein so fröhliches Gesicht aufsetzte, wie ich nur konnte -, wartete ich darauf. Ständig ging ich zum Fenster, um hinauszuschauen, denn ich vermutete, wenn sie an Bord der Barke eine Fackel brennen würden, würde die fackelartige Flamme durch das weinende Glas scheinen; und kurz bevor das Abendessen serviert wurde – das heißt, ein paar Minuten vor neun – verließ ich das Wohnzimmer , ging in ein Zimmer am Ende des Ganges, wo ich meine Seekleidung aufbewahrte, zog ein Paar dicke Fischerstrümpfe an und darüber die Seestiefel, die ich immer trug, wenn ich mit dem Rettungsboot fuhr. Dann holte ich meine Segeljacke, Ölzeug und Südwester heraus und hängte sie in den Gang, bereit zum Greifen; denn eine Aufforderung, das Boot zu bemannen, bedeutete immer Eile – es blieb keine Zeit zum Jagen; wenn die Männer tatsächlich im Bett waren, pflegten sie sich so anzuziehen, wie sie liefen.

So vorbereitet kehrte ich ins Wohnzimmer zurück. Mr. Trembath ließ seinen Blick über mich gleiten, aber meine Mutter nahm offenbar keine Notiz davon. Im Kamin loderte ein fröhliches Feuer. Der Tisch war einladend mit Damast und Kristall; das Spiel der Flammen ließ die Schatten an der Decke tanzen, die im Dunkel des Lampenschirms lagen. Da war etwas in der Gestalt meiner alten Mutter, mit ihrem weißen Haar und dem schwarzen Seidenkleid und der antiken Goldkette um den Hals, das wunderbar in dieses heimelige Interieur passte, das warm war durch die Farben des Kohlenfeuers und fröhlich war durch die Bilder und mehrere Kuriositäten wie Schild und Speer, ausgestopfte Vögel und chinesische Elfenbeinornamente, die mein Vater im Laufe vieler Reisen zusammengetragen hatte.

Als Mr. Trembath am Tisch Platz nahm, wirkte er wie ein rundlicher, rosiger und zufriedener Mann, doch lag ein Ausdruck mitfühlender Besorgnis auf seinem Gesicht, und häufig ertappte ich ihn dabei, wie er ruhig lauschte, sich dann aber unwillkürlich dem Fenster mit den Vorhängen zuwandte, so dass man leicht erkennen konnte, in welche Richtung seine Gedanken gingen.

„In diesem Teil des Landes muss man stark bauen“, sagte er, als wir Blicke austauschten, als plötzlich ein treibender Wind aufkam – ein nasser Sturm mit fast orkanartiger Kraft –, bei dem die ungeheuer starke Bauweise unseres Hauses erzitterte, als würde eine schwere Kanonenbatterie über die offene Straße gegenüber geschleift, „denn auf mein Wort, Hugh“, sagte er – wir waren alte Freunde, und er verriet mir oft meinen Vornamen – „wenn die Dane noch nicht zu schwächeln begonnen hat, besteht gute Hoffnung, dass sie sich auch in dem, was noch kommen mag, halten wird. Sicherlich muss ihre Ankertaue in den letzten zwei Stunden auf eine harte Probe gestellt worden sein.“

„Ich bete“, sagte ich, „dass der Wind sich dreht und vom Ufer wegweht. Dann werden sie hoffentlich vernünftig genug sein, abzudriften und mit einem Mittelsteuerstand in die Sicherheit weiter Gewässer zu gelangen.“

„Er ist der Sohn seines Vaters“, sagte Mr. Trembath und lächelte meine Mutter an. „Ein Mittschiffssteuer! Das ist, wie ein Seemann es ausdrücken würde. Du hättest Seemann werden sollen, Tregarthen.“

Meine Mutter schüttelte sanft den Kopf, und dann aßen wir eine Weile schweigend, wobei wir drei so taten, als ob wir an etwas anderes dachten als an den Sturm, der draußen tobte, und an die Barke. Sie müht sich ab, ihre Kabel in dessen schwarzem Herzen zu verlegen.

Plötzlich ließ Herr Trembath Messer und Gabel fallen.

„Hist!“, rief er und erhob sich halb von seinem Stuhl.

„Die Rettungsbootglocke ! ", rief ich und vernahm ein oder zwei Töne der Aufforderung , die mit dem Wind heranschwang.

„Oh, Hugh!", kreischte meine Mutter und faltete die Hände.

„Gott halte dein liebes Herz aufrecht!", rief ich.

Ich sprang an ihre Seite und küsste sie, drückte Mr. Trembaths ausgestreckte Hand und schlüpfte im nächsten Moment in meinen Caban und meine Öljacke. Kaum war ich aus dem Haus, hörte ich das schnelle – ich möchte sagen wütende – Läuten der Rettungsbootglocke, und als ich einen Blick auf die Bucht warf, konnte ich, obwohl ich fast geblendet und irgendwie benommen von der plötzlichen Wut des Sturms und der Last aus Gischt und Regen in meinem Gesicht war, das flackernde, flackernde gelbe Licht einer Flamme unten in dem Teil der Gewässer erkennen, wo die Twins und der Deadlow Rock erschreckend nahe sein würden. Aber ich ließ mir keine Zeit zum Hinsehen, über diesen hastigen Blick hinaus. Mr. Trembath half mir mit einem Stoß, die Haustür hinter mir zuzuziehen, denn aus eigener Kraft hätte ich das nie geschafft; und dann ergriff ich das Weite und raste, so gut es ging, kopfüber durch die lebendige Wand aus Wind, konnte kaum Luft holen, taumelte wegen der schrecklichen Ausreißer, taumelte aber dennoch weiter.

Die Gasflammen in den wenigen Lampen entlang der Strandpromenade tanzten wild, ihre Glasrahmen klapperten heftig, und ich erinnere mich, selbst in diesem Augenblick der Aufregung bemerkt zu haben, dass einer der Laternenpfähle, die wenige Meter von unserem Haus entfernt standen, vom Wind gebogen worden war, als wäre er ein gebogenes Bleirohr. Die zwei oder drei Läden, die aufs Meer hinausgingen, hatten ihre Rollläden hochgezogen, um die Fenster zu schützen, und die Schwärze der Nacht schien durch das trübe und hüpfende Licht der Straßenlaternen eher verstärkt als gemildert zu werden. Doch als ich mich dem Rettungsboothaus näherte, wurde meine Sicht etwas durch das Weiß des Schaums verbessert, der weit entfernt donnernd brodelte. Er schleuderte sein eigenes trübes, schwer fassbares, geisterhaftes Licht in die Luft. Ich konnte die Umrisse des Bootshauses davor erkennen, die Gestalten von Männern, die sich, wie es schien, auf der Helling wanden; die Gestalt des Bootes selbst, das bereits um seine eigene Länge aus dem Haus gezogen worden war; und mit Hilfe des wunderbaren Schaumglanzes konnte ich sogar erkennen, dass die meisten oder die gesamte Mannschaft bereits an Bord waren und dass sie dabei waren, den Mast aufzustellen, den das Dach des Hauses nicht oben halten konnte, wenn das Schiff unter Dach stand.

„Hier ist der Steuermann !", rief eine Stimme.

„Alles klar, Männer!", brüllte ich, stürzte durch die Haustür und erreichte mit ein paar Sprüngen das Innere des Bootes und meinen Platz auf dem Achtergitter.

KAPITEL III.

IM RETTUNGSBOOT.

Jetzt war der Moment gekommen, in dem ich meine Nerven und meine Gelassenheit so sehr anstrengen musste, wie ich es wollte. In dem kleinen Gebäude brannte eine große kugelförmige Lampe – ihr Schein berührte vage das Boot und half mir zu erkennen, was vor sich ging und wer anwesend war. Trotzdem rief ich:

„Sind alle Mann an Bord?"

„Alle Mann!", ertönte als Hurrikan die Antwort.

„Haben alle den Gurt angelegt?", rief ich als nächstes.

„Alle!" war die Antwort – das heißt alle außer mir, der ich einmal eine Korkjacke getragen hatte und schwor, nie wieder so belastet an Bord zu gehen.

„Sind Ihre Segel eingehakt und bereit zum Hissen?", rief ich.

„Alles bereit, Sir!"

„Und Ihr Abzugsseil?"

„Alles bereit, Sir!"

„Also, meine Jungs, alle Mann aufgepasst!"

Es gab eine kurze Pause:

„Lass sie los!", brüllte ich.

Ein Mann stand dicht unter dem Heck und war bereit, sein Messer durch die Verankerung zu stoßen, mit der die Kette am Boot befestigt war.

„Bereitschaft!", rief er. „Alle weg!"

Ich hörte das Klirren der Kette, als sie einen Augenblick später herunterfiel, als sich das Boot in Bewegung setzte – zunächst langsam, aber nach wenigen Atemzügen hatte es die gesamte Strecke zurückgelegt, die sein eigenes Gewicht und die Neigung ihm ermöglichten, und raste die Slipanlage hinunter, jedoch fast geräuschlos, so dick war die Holzkonstruktion eingefettet. Einige Hände hissten das Focksegel, während es dahinraste, und andere blickten grimmig und reglos seewärts, bereit, das Abzugsseil zu ergreifen und daran zu ziehen, sobald das Boot inmitten der erstickenden Brandung zu Wasser gelassen würde.

Das donnernde Rascheln des Segels, als die Rah aufgezogen wurde, und ein reißendes Geräusch ins Ohr drang, als würden die Tücher in Lumpen auf den Orkan losgehen; das wütende Brüllen und Brodeln und Knistern und Zischen der gewaltigen Brandung, auf die das Boot zuraste; das unbeschreibliche Heulen des Sturms, der an unseren Ohren vorbeifegte, als die Tücher die Reede hinunterflogen; der unmittelbare Anblick des zerrissenen und zerfetzten Himmels, der durch die Schneestürme aus Gischt, die die Bucht entlangzogen, irgendwie undeutlich sichtbar wurde – all dies verband sich zu einem Eindruck, der, obwohl seine Entstehung nicht länger als ein oder zwei Sekunden gedauert haben kann, sich so deutlich in mein Gedächtnis einprägt, dass ich gut und gerne meine gesamte Lebenserfahrung in seine Entstehung investiert haben könnte.

Wir berührten die Brandung des Meeres und brachen durch eine Schaumwolke. Im Handumdrehen stand das Boot bis zu unseren Knien im Wasser. Im nächsten Augenblick machte es sich frei und sprang auf die Höhe des nächsten brodelnden Abhangs. Meine acht Männer, starr wie eiserne Statuen in ihrer Art zu ziehen und der See entgegenzutreten, zogen das Boot mit dem Abzugsseil, das an einem Anker in beträchtlicher Entfernung vor dem Ende der Slipanlage befestigt war, durch die Brandung und ins tiefe Wasser.

Als das Boot die erste Brandung erreichte, ergriff ich die Ruderpinne, und als die Männer die Abzugsleine losließen, steuerte ich das Boot auf Backbordbug weg. Meine Absicht war, in Richtung Hurricane Point zu „langen", um die Barke auf einem zweiten Brett herbeiholen zu können.

Man war kaum bei Verstand, um die Szene zu bemerken, als sie losging, so stürmisch war der Sturz auf den Strand, so laut der Sturm und so furchtbar wild das Springen und Zuwasserlassen des Bootes auf der stark aufgerissenen Schaumoberfläche. Aber jetzt hatte es das Gewicht des Sturms in dem eng gerefften Bug, der ihm gezeigt worden war, und das stabilisierte es; und so hoch die See auch war, mit zunehmender Tiefe wurde die Brandung regelmäßiger, und ich konnte mich an meine Aufgabe machen, das Boot zu steuern, da das Schlimmste vorüber war, zumindest was unsere Hinfahrt anging.

Ich blickte landwärts und bemerkte das Feuer eines Backbordfeuers , das ein Mann in der Nähe des Bootshauses hochhielt, um der Barke als Signal zu dienen , dass Hilfe kam. Das Feuer war blau, seine Flamme war hell und erhellte einen weiten Bereich des Küstenvorlandes, ließ die Gestalten der Menge, die uns beobachtete, und die Umrisse des Bootshauses verschwinden und warf einen gespenstischen Schatten auf jede hohe Brandungswelle. Der Glanz lag in einer Art Kreis auf dem Ebenholz der Nacht, und das, was ich genannt habe, war darin zu sehen, als wäre es ein Bild, das eine Laterna magica auf einen schwarzen Vorhang geworfen hatte. Von den Lichtern der Stadt war nichts zu sehen. Zu beiden Seiten dieses leuchtenden Rahmens verschmolzen die Häuser mit dem Land, und in jeder Richtung war alles reine Tinte.

Kurz nach diesem Signal für Backbordfeuer schickten sie eine Rakete von der Barke hoch . Es war eine purpurrote Kugel, die wie ein Blitz aus dem zerklüfteten Rauschen des Himmels hervorbrach und dann erneut die Flammen einer Fackel oder, wie man es nennen könnte, eines Freudenfeuers vom Deck des Schiffes auslöste - vielleicht ein brennendes Teerfass; und ihr Licht enthüllte die Vision des Schiffes, das furchtbar stürzte, immer wieder verhüllt von kristallenen Stürmen, die die klafterhohen Flammen der Fackel zu Prismen aufblitzen ließen.

Einer unserer Männer brüllte und fluchte: „Sie wird die Zwillinge schon geholt haben, bevor wir bei ihr sind!“ und ein anderer brüllte: „Warum haben sie eine Meile gewartet, bevor sie ein Signal gegeben haben ?“ Aber mehr wurde dann nicht gesagt.

Tatsächlich musste ein Mann seine ganze Lungenkraft aufbieten, um sich Gehör zu verschaffen. Der Wind schien den lautesten Schrei abzuschneiden, als würde er seine Lippen verlassen, so als würde man ein Seil mit einem Messer durchtrennen.

Unser Boot war klein für ein Schiff dieser Art, aber ein edles, tapferes, wendiges Gebilde, wie sich immer wieder gezeigt hatte; und jeder von uns, der davon ausging, dass sie gut behandelt wurde, hatte so viel Vertrauen in die *Janet* , dass wir sie nicht gegen das größte, schönste und erprobteste Boot an der Küste des Vereinigten Königreichs eingetauscht hätten. Sie hätten ihre Vorzüge verstanden, wenn Sie in dieser Nacht bei uns gewesen wären. Ich war an den Jochleinen; Pentreath , mein Stellvertreter, saß mit dem Fuß an der Seite, umklammerte das Vorsegel und war bereit, es sofort loszulassen; das Besansegel war gehisst, und die übrigen Männer saßen auf den Duchten gekauert da und starrten mit eiserner Miene geradeaus, ohne auch nur einen Moment der Bückung gegenüber der stärksten Brandung, die mit einem wilden, zischenden Kreischen quer über ihre Seehelme hinwegfegen und das Boot zur Hälfte füllen konnte, wenn es in Rauch aufgehend über dem Luvbug herankam, bis der schwarze Sturm für ein oder zwei Augenblicke so weiß war wie ein Schneesturm über ihnen.

Als wir uns „hinausstreckten“, wurde das Meer schwerer. Nie zuvor hatte ich in dieser Bucht ein höheres Meer erlebt. Die Wellenberge schienen doppelt so hoch wie unsere Masten zu sein; jeder Berggipfel brodelte, und als wir den Gipfel erreichten, erstickte das Boot im Schaum seines eigenen Aufwirbelns und in der stürmischen, schwindelerregenden, blendenden Strömung, in die es hineinschwebte, wobei das ganze Gewicht des Sturms in seinem Bugstück es nach vorne beugte und es, wie man hätte glauben können, mit der

Bordwand die lange, indigoblaue Schräge der darunter liegenden Woge hinunterschickte.

Wir hielten durch, alle stumm wie der Tod im Boot. Von Zeit zu Zeit, wenn wir auf die Spitze des Meeres stiegen, warf ich einen Blick in Richtung der Bark und erhaschte einen Blick auf den windigen Funken ihrer Fackel oder das meteorische Segeln einer Rakete über ihre Mastspitzen. Es hätte ein Mond scheinen sollen, aber der Planet hatte nicht die Kraft, auch nur das schwächste Licht in die Haufen und Fetzen von Dunst zu werfen , die wie Rauch über den Rand des tobenden atlantischen Horizonts aufstiegen. Manchmal tauchte das Bild des Salons, den ich gerade verlassen hatte, vor meinen Augen auf: Ich stellte mir meine Mutter vor, wie sie auf die schwarze und pulsierende Szene der Bucht hinausblickte; ich stellte mir den guten Mr. Trembath an ihrer Seite vor, der alle Worte des Trostes und der Hoffnung aussprach, die ihm in den Sinn kamen; aber solche Einbildungen schienen vom Hauch des Hurrikans ebenso schnell weggefegt zu werden, wie sie entstanden waren. Würden wir es rechtzeitig schaffen? Wenn die Kabel des Schiffes rissen, war es dem Untergang geweiht. Nein; wenn sie sich noch eine Viertelstunde weiter schleppen würde, wäre sie den Zwillingen auf der Spur und würde in Stücke brechen, wie ein Kinderhaus aus Ziegeln bei der Berührung einer Hand zusammenfällt!

„Fertig!", brüllte ich.

Das Ruder wurde abgelegt, die Vorschot losgelassen, und das Boot drehte sich elegant auf dem Höhepunkt einer Woge, hielt einen Moment inne, um dort im Gleichgewicht zu bleiben, tauchte dann in die Senke ein, um mit vollem Vorsegel wieder aufzutauchen und einige Punkte in Luv von dem Schiff wegzusteuern, auf das wir nun zusteuerten.

Wir stürmten hindurch, eine See nach der anderen brach in blassen Wolken aus dem Bug des Rettungsboots hervor, die der Wind in kreischenden Wirbeln – so deutlich war das Geräusch der Gischt – in die Schwärze landeinwärts schickte. Hier und da verriet uns ein winziger, in der Dunkelheit flackernder Lampenfunke die Lage von Tintrenale ; aber mehr war dort nicht zu sehen; das Land und der Himmel darüber trafen sich in einer tiefen, undurchdringlichen Farbe, in deren Lee die hohen Meere in langen, sehnsüchtigen Windungen aufblitzten und in einer Entfernung von einer Kabellänge zu bloßer Blässe pulsierten.

Sie hatten eine weitere Fackel an Bord der Bark angezündet oder die alte mit frischem Brennstoff befüllt. Sie war im Licht der Flammen zu sehen, das Weiß ihrer aufgerollten Segeltuchbahn kam und ging im Wechselfeuer, und ich bemerkte mit sinkendem Herzen, wie schrecklich sie kämpfte . Sie kippte mit dem Bug nach unten und rollte auch, und im Schein des Signalfeuers auf ihrem Deck bot sie einen ganz wunderbaren Anblick, der noch furchterregender wurde, da wir jetzt eine Gruppe von Männern sahen, die zusammengekrümmt in ihrer Steuerbord-Vortakelung hingen.

Der zweite Steuermann ließ eine Bullaugenflamme aufblitzen , damit alle wussten, dass das Rettungsboot in der Nähe war, und wir stürzten und trieben bis zu einem Punkt in geringer Entfernung vor der Barke hinunter , während wir alle von dem Strom smaragdgrüner Flammen bestrahlt wurden.

„Alles klar mit dem Anker, Jungs?", rief ich.

„Alles fertig, Sir!" war die Antwort.

„Vorsegel runter!" und während ich diesen Befehl gab , legte ich das Ruder runter und brachte den Bootskopf etwa dreißig Faden vor dem Schiff in den Wind.

„Lass den Anker los!"

„ Fockmast losmachen !", brüllte der zweite Steuermann, und während dies geschah, hoben er und ein anderer rasch den Besanmast aus seiner Lagerung und legten ihn hin.

„Weg vom Kabel!", rief ich. Und schäumend und stampfend, mal in eine gefühlt fünfzehn Meter tiefe Senke fallend, mal eine Brandung erklimmend, die den Bug des Bootes fast über das Heck hob – und das alles auf eine Art und Weise, die selbst den Stärksten und Erfahrensten unter uns erneut den Kopf verdrehte –, trieben wir längsseits.

Was nun folgte, war so viel Verwirrung, so viel Aufruhr, so viel Ablenkung durch Rufe in fremdländischer und unverständlicher Aussprache, so ein schreckliches Tosen der See, so viel Verwirrung wegen der Dunkelheit, wegen der schwierigen Aufmerksamkeitsanforderungen durch die Notwendigkeit, das Boot vom gewaltigen, hackenden Bug der Barke fernzuhalten , wegen des Anbrüllens der Männer in der Takelage und wegen Antworten, die wir nicht verstehen konnten, dass diese Passage meines einzigartigen Abenteuers in meiner Erinnerung kaum weniger vage sein könnte, selbst wenn ich sie, statt darin mitzuspielen, in einem Buch gelesen hätte.

So viel ich erkennen konnte, drängten sich sechs oder sieben Männer in der Vortakelung. Ich glaubte, noch andere in den Besanwanten zu sehen. Da ich das im Sinn hatte, war es meine größte Sorge, das Boot so schnell wie möglich auf das Achterdeck zu bringen, denn nicht nur waren die Zwillinge nur ein Kabel weit hinter uns, und die Gischt dort erzeugte einen Glanz auf dem Wasser, der als Mondlicht hätte durchgehen können: Das Meer, das zwischen dem mühseligen Schiff und unserem Boot toste, war so laut und hoch, dass wir bei jedem Schlag des kleinen Segels, bei jedem schwerfälligen

Niederbeugen des großen, ächzenden schwarzen Rumpfes, der sich über uns erhob, Gefahr liefen, durchbohrt zu werden .

Die Jungs im Vorderring schienen sprachlos zu sein. Wir alle schrien: „Springt, springt! Passt auf, wie es aufsteigt, und springt um Gottes Willen!" und hielten dabei das Kabel in einer Drehung, um das Boot auf gleicher Höhe mit ihnen zu halten. Es schien eine Ewigkeit zu dauern, bis sie verstanden, und doch war noch keine Minute vergangen, seit wir heruntergefallen waren, als ein Schrei aus ihnen herausbrach und erst einer sprang, und dann noch einer, und dann sprangen die anderen, und da lagen sie zusammengekauert auf dem Boden des Bootes, ein oder zwei von ihnen stöhnten schrecklich, als hätten sie sich die Gliedmaßen gebrochen oder noch schlimmere Verletzungen erlitten, und alle lagen regungslos da, als sie sprangen, wie Menschen, die vor Angst, Kälte und Schmerz fast gestorben sind.

„Jetzt dreht raus, meine Jungs! Dreht raus!" rief ich, „rechtzeitig, damit wir sicher unter die Besanwanten kommen."

„Da ist niemand, Sir", brüllte einer meiner Männer.

Nein! Ich schaute nach und stellte fest, dass es eine optische Täuschung gewesen war, die auf die Flamme der Fackel zurückzuführen war, die auf dem Hauptdeck loderte.

„Seid ihr alle hier?", rief ich und wandte mich an die düstere Gruppe von Männern am Boden des Bootes.

Es wurde etwas gesagt, aber der Sturm machte mich taub, und ich konnte der Antwort keinen Sinn, nicht einmal eine Silbe entnehmen.

„Sie werden alle hier sein, Sir", rief einer meiner Leute. „Die Backbord-Davits sind leer, und einige werden im Boot abgereist sein."

In diesem Augenblick wurden wir durch eine starke See auf die Höhe der Reling gehoben, und die Barke neigte sich so weit , dass ihre bloßen Decks im hellen Feuer des Signals preisgegeben waren.

„Sie müssen alle hier sein!", rief ich. „Aber sehen Sie genau hin. Ist einer unter Ihnen, der irgendwelche Anzeichen dafür erkennen kann, dass an Bord ein lebender Mensch ist?"

Sie warteten auf die nächste Meeresbrandung, dann erhoben sie einen Ruf: „Sie sind alle hier, Sir, Sie werden es schon merken."

„Dann vorwärts, meine Jungs!", womit ich meinte, dass sie am Kabel ziehen sollten, um das Boot aus dem fürchterlichen, zermalmenden und scherenden Wellengang des überhängenden Buges der Bark zu ziehen .

In diesem Augenblick tauchte ein Kopf über der Reling etwas hinter den Vorwanten auf, und die klare, durchdringende Stimme eines Jungen rief mit einem ebenso guten englischen Akzent, wie ich ihn selbst habe: „Mein Vater liegt krank und hilflos in der Kajüte. Verlass uns nicht!"

„Nein, nein, wir lassen dich nicht allein", rief ich sofort zurück und ließ meine Stimme aus der Höhe eines Meeres, das seinen und meinen Kopf praktisch auf gleicher Höhe brachte, direkt zu dem Jungen dringen. „Wie viele seid ihr?"

„Zwei", war die Antwort.

Ich musste warten, bis das Boot den Gipfel der nächsten Flut erreicht hatte, bevor ich wieder rufen konnte. Die schwarzen Gähnen zwischen uns und der Barke hätten wie Täler durchgehen können, die man von einem Berg aus betrachtet, so schrecklich hohl und tief waren sie; sie waren blass und doch auch dunkel, mit Schaumschichten; ein seelenverwirrendes Geräusch von donnerndem Waschen und Brodeln stieg aus ihnen auf. Als wir in einer dieser Mulden waren, schien die große Masse des dunklen Gewebes der Barke fünfzehn Meter über uns aufzuragen, und wir lagen windstill, hingen, man hätte bis fünf zählen können, in absoluter Stagnation, während das Heulen des Windes über unsere Köpfe hinwegfegte, als wären wir im Herzen einer Grube.

„Kann dein Vater *überhaupt nicht für sich selbst sorgen* ?", brüllte ich den Jungen an.

„Er darf sich nicht rühren; man muss ihn hochheben!", antwortete er kreischend, denn so klang sein hoher, klarer, durchdringender Schrei.

„Beim Himmel, Jungs", brüllte ich meine Männer an, „es gibt keine Zeit zu verlieren! Wir müssen den armen Kerl irgendwie rüberbringen und dem Jungen helfen. Es wäre nichts getan, wenn wir sie zurücklassen. Passt auf und folgt mir, ihr drei!"

Im selben Augenblick, als ich dies sagte, sprang ich von der Höhe des Gitters, auf dem ich stand, und legte mich in die Vorketten, da sich das Boot zu diesem Zeitpunkt auf derselben Höhe befand. Und flink wie eine Katze – denn nur wenige junge Burschen hatten flinkere Gliedmaßen – kletterte ich über die Reling auf das Deck, gerade rechtzeitig, um einer gewaltigen Flut strömenden Wassers zu entgehen, die mit einer Wucht und Wucht durch die Ketten schäumte, die meine Angelegenheit augenblicklich für mich erledigt haben musste.

Ich war gerade dabei, über das Deck zu der Stelle zu rennen, wo der Junge stand, das heißt etwas vor der Gangway, und zweifelte nicht daran, dass die anderen meiner Mannschaft, die ich gerufen hatte, ihm mit der gleichen

Wachsamkeit folgten, wie ich es getan hatte, als ich spürte, wie die Barke wie von einem dumpfen Schlag getroffen wurde .

„Sie hat zugeschlagen!", dachte ich.

Doch kaum hatte ich dieses Beben des Schiffes bemerkt, als ein wilder und fürchterlicher Schrei von längsseits ertönte – himmlischer Gott! Wie soll ich diesen schockierenden Lärm menschlicher Not beschreiben? Ich flüchtete zur Reling und sah hinüber; unter mir brodelte alles Wasser, man konnte gerade noch die schwarze Linie der Reling oder des Kiels des Rettungsboots sehen; aber da war ein so tobender Schaum, eine so dicke brodelnde Hefe, die in den Orkan rauchte, als hätte direkt unter der Bark ein Vulkanausbruch stattgefunden und die Luft mit Dampf erfüllt, dass man absolut nichts sehen konnte außer dem dunklen Schimmer des Kiels oder der Reling, wie ich bereits sagte, der jedoch verschwand, als ich in die Tiefe der zischenden, schäumenden Brandung blickte. Daraus erkannte ich, dass das Rettungsboot durch einen plötzlichen Schlag gegen die massiven Seitenwände der Bark zerborsten und vollgestopft worden sein musste ; denn es war ein sich selbst aufrichtendes Boot, und obwohl es beim Überschlagen jede Seele aus seinem Körper geworfen haben mag, wäre es doch wieder aufgetaucht und hätte sich beim Sprung in die Flut entleert, und da wäre es nebenan gewesen, ohne ein Lebewesen darin, wenn man so will, aber ein gutes Boot, das tapfer bis zum Ankertau segelte. Aber es war abgestürzt und jetzt war es weg!

Durch das brennende Teerfass auf dem Hauptdeck konnte ich sehen, wo ich nach achtern eilen konnte. Ich rief dem Jungen zu, während ich raste: „Das Boot ist gekentert; alle Besatzungsmitglieder sind über Bord und ertrinken! Wirf die Enden der Seile über Bord! Wirf Rettungsringe!" Und so schrie ich, wusste kaum, was ich rief, so verwirrt war ich, so schockiert, so entsetzt, so untröstlich, darf ich sagen, über die Plötzlichkeit und Furchtbarkeit dieser Katastrophe, dass ich das Viertel der Barke erreichte und darüber hinausragte; aber ich konnte nichts sehen. Das brodelnde Wolkengebilde hob und senkte sich, und mit jedem gewaltigen Tropfen des großen, quadratischen Hecks der Barke strömte das Meer mit einem Tosen von beiden Seiten herüber, mit einer kataraktalen Wut, die alles, was darin schwamm, bei jedem *Auftauchen* Dutzende von Faden weit wegschleuderte . Hier und da glaube ich *jetzt* ein kleines schwarzes Objekt erkennen zu können, doch das bleiche Wasser in der näheren Umgebung wurde in geringer Entfernung schwarz, und wenn es sich bei den dunklen Punkten, die ich bemerkte, um die Köpfe von Schwimmern handelte, dann war der Sturm so rasant, dass sie in die pulsierende Dämmerung hineingespült wurden, bevor ich mich ihrer sicher sein konnte.

Ich stand da wie gelähmt von Kopf bis Fuß. Meine Unfähigkeit, meinen armen Kameraden und den unglücklichen Dänen auch nur im Geringsten zu helfen, verursachte mir das Gefühl, als hätte mein Herz aufgehört zu schlagen. Der junge Mann trat an meine Seite.

„Was ist zu tun?", rief er.

„Nichts!", antwortete ich in leidenschaftlicher Trauer. „Was kann man tun? Gott gebe, dass viele von ihnen das Ufer erreichen! Das Meer tobt landeinwärts, und ihre Rettungsringe werden sie über Wasser halten. Aber Ihr Volk ist dem Untergang geweiht."

„Und wir auch!", rief er schrill, aber ohne wahrnehmbare Angst, und in seiner Stimme klang nichts Schlimmeres als wilde Aufregung. „Direkt unter unserem Heck sind Felsen. Sind Sie Seemann?"

'NEIN!'

„O du gottgefälliger Gott! Was ist zu tun?", rief der Junge.

Ich blickte verzweifelt umher. Das Teerfass brannte noch immer tapfer auf dem Deck und trotzte der unaufhörlichen Gischt, die über den Bug prasselte. Das unheimliche Licht des Windes färbte das Schiff bis zu den unteren Rahen in einen kränklich fahlen Farbton, und man konnte seinen ganzen gespenstischen Körper sehen, als es unter einem Himmel rollte und stürzte, der durch das Licht der Notfackel noch schwärzer war, und auf einem Meer, dessen gewaltige, cremefarbene Brauen immer wieder bis zur Höhe der Reling heranstürmten.

Während dieser Pause meinerseits, während sich jeder Selbsterhaltungstrieb in mir sozusagen blindlings gegen die dunkle und schreckliche Situation wehrte, die mich gefangen hielt, und während ich verzweifelt zu überlegen versuchte, was zu tun sei, um den jungen Mann neben mir vor dem Untergang zu retten – denn was seinen Vater betraf, war es unmöglich, in einem solchen Moment jemandem mein Mitgefühl auszusprechen, den ich nicht gesehen hatte, der mich nicht sozusagen mit Gestalt und Stimme um Hilfe anflehte – , während dieser Pause hoffnungsloser Überlegungen hörte das Brüllen des Hurrikans plötzlich auf. Ich war sicher, dass dies nichts anderes bedeutete als eine Ruhepause, der ein heftiges Aufbäumen oder das Anhalten des Weststurms mit noch bitterer Bosheit in seinem erneuten Aufkommen folgen sollte. Die Ruhepause mochte zehn oder fünfzehn Sekunden gedauert haben. Ich glaube nicht, dass in dieser Zeit ein Lüftchen zu spüren war, abgesehen von den heftigen Wirbeln und Luftzügen, die durch die widerwärtigen Bewegungen der Barke verursacht wurden . Ich blickte hinauf zum Himmel und erspähte das schwächste Phantom eines Sterns, der für die Dauer eines einzigen Pendelschwungs schimmerte und dann hinter einer dahinjagenden Wolke mitternachtsfarbenen Dampfes verschwand, der mit unglaublicher Geschwindigkeit *vom* Land davonflog.

Die Bewegung des Decks war so unerträglich, dass ich mich an einem Belegnagel festhalten musste, sonst wäre ich wohl abgeworfen worden. Mein Begleiter klammerte sich an einen ähnlichen Nagel dicht neben mir. Das Donnern des fließenden und aufeinanderprallenden Wassers steigerte sich zu der magischen Stille des Sturms; ich konnte das Tosen der Brandung bis nach Hurricane Point hören und das kesselartige Geräusch des Wassers um die Felsen hinter uns.

„Hat der Sturm nachgelassen?", rief mein Begleiter. „Oh, geliebter Vater, vielleicht bleiben wir noch verschont!", fügte er hinzu und streckte seine freie Hand zum Deckshaus aus, während er den hilflosen Mann ansprach, der dort lag.

So erstaunt ich auch war, dass der Sturm plötzlich aufhörte, so konnte ich doch noch genug Mut aufbringen, um von der Art meines Begleiters, seinen Worten und jetzt, so darf ich sagen, auch von seiner Stimme beeindruckt zu sein. Ich wollte gerade zu ihm sprechen, doch als ich meine Lippen öffnete, zuckte ein greller Blitz zusammen, der die ganze Szenerie – Bucht, Klippe, Küstenvorland, Stadt und den Horizont seewärts – in ein violettes Licht tauchte. Es folgte ein Donnerschlag, doch bevor sein ohrenbetäubender Nachhall verklungen war, gingen die Echos im Brüllen des Sturms unter, der direkt vom Land heraufkam.

Wie kann man die Gewalt dieses Ausstoßes in Worte fassen? Er traf auf die Wogen der landwärts fließenden See und fegte sie in Rauch auf, und die Luft wurde so weiß und dick von Gischt, als ob ein schwerer Schneesturm waagerecht dahinwehte. Er erfasste die Barke und drehte sie um; ihre Anstrengung war so ungeheuerlich, als sie von der Breitseite dieses frischen Hurrikans in die Brandung geworfen wurde, dass ich mir jede Sekunde vorstellte, sie würde unter meinen Füßen untergehen. Ich spürte einen Schock: Mein Begleiter schrie: „Eines der Kabel ist gerissen!" Einen Moment später spürte ich dasselbe unbeschreibliche Zittern, das durch die Planken lief, auf denen wir standen.

„Meinen Sie, das andere Kabel ist weg?", rief ich.

„Über der Seite ist ein Lot", rief er. „Das zeigt uns, ob wir treiben."

Ich folgte ihm bis fast zur Besantakelung. Keiner von uns wagte es, eine Hand loszulassen, bis wir mit der anderen etwas anderes gepackt hatten. *Jetzt war es* nicht mehr nur die Wucht des Windes, die uns niedergestreckt und an Deck gedrückt hätte – wie durch Zauberei war eine pyramidenförmige See entstanden, und jede Spitze, die um Bug und Seiten herumschoss, wurde in Form von regelrechten Wasserlawinen nach innen geblasen, die sich bei jeder heftigen Drehung des Schiffes in einer massiven Masse immer wieder bis zur Hüfthöhe an die Reling ergossen, auf die eine oder andere Seite.

Mein Begleiter streckte die Hand über die Reling und rief: „Hier ist das Lot. Es verläuft bis vor den Bug. Oh, Sir, wir treiben ab! Wir werden aufs offene Meer hinausgetrieben!"

Ich streckte meine Hand aus und ergriff die Leine. Am Winkel der Leine erkannte ich sofort, dass der Junge recht hatte. Auf keine andere Weise hätte er die Wahrheit herausfinden können. Das Gewicht des Bleis, das auf dem Boden lag, verriet sofort, ob die Barke trieb. Ringsherum war weißes Wasser; die Schwärze der Nacht reichte bis an die äußerste Kante der Salzlake; kein Licht war zu sehen, nicht der geringste Umriss der Klippe; und die ganze Szene der Dunkelheit war umso verwirrender, da das Pulsieren der Hefe in der Nähe das Auge reizte.

„Brennt Ihr Kompasslicht?", rief ich.

Der Junge antwortete: „Ja."

„Dann", rief ich, „müssen wir herausfinden, in welche Richtung der Sturm gedreht hat, das Heck dorthin steuern und Hurricane Point verlassen, wenn der allmächtige Gott es zulässt. Im Freien mag es noch sicher sein, hier ist es nicht."

Mit größter Mühe und Not machten wir uns auf den Weg nach achtern. Die Fackel war durch die schweren Wassermassen erloschen, und es war schlimmer, als mit verbundenen Augen zu gehen. Das Licht im Kompasshaus brannte – das war tatsächlich zu erwarten. Die Barke lag direkt im Wind, und ein Blick auf die Karte ließ mich erkennen, dass der Sturm fast genau nach Osten wehte und, wie es bei diesen Zyklonen oft der Fall ist, genau in die entgegengesetzte Richtung gedreht hatte, aus der er gekommen war.

„Wir müssen versuchen , sie davor zu bekommen", rief ich, „aber ich bin kein Seemann. Es kann noch einmal zu einer Wende kommen, und wir müssen das Land räumen, solange der Hurrikan anhält. Was ist zu tun?"

„Wird sie sich auszahlen, wenn man das Ruder quer überzieht?", antwortete er. „Lasst es uns versuchen!"

Er packte die Speichen auf der einen Seite, ich legte meine Schulter an das Steuerrad auf der anderen Seite, und so klemmten und sicherten wir das Ruder in der Stellung, die die Seeleute „hart Steuerbord" nennen. Sie fiel tatsächlich ab – in die Wellenrinne, und dort blieb sie liegen, inmitten eines so teuflischen Spiels des Wassers, solchen Wellenschlags auf beiden Seiten, wie es kein Mensch beschreiben kann!

Wären wir auf dem offenen Meer gewesen, hätten wir uns keine bessere Lage wünschen können, als die Barke selbst eingenommen hatte. Sie lag tatsächlich „beigelegt", wie es in der Seefahrtssprache heißt, gab also etwas von ihrem Bug dem Wind und befand sich in der Lage, in die der Kapitän sein Schiff bei einem Sturm wie dem, der gerade tobte, bringen würde. Doch unglücklicherweise lag das Land auf beiden Seiten von uns, und obwohl wir vielleicht geradewegs aufs Meer hinaustrieben, konnte ich mir nicht sicher sein, ob das der Fall war. Die Flut würde nach Westen und Norden kommen; die Windungen und Pyramiden und Sprünge der Brandung neigten sich auch irgendwie nach Nordwesten, als ob sie mit der Flut im Einklang stünden; die tödliche Terrasse von Hurricane Point lag in dieser Richtung; und so könnte uns das Zurücklassen der Barke in der Meeresmulde tatsächlich das Leben kosten, das uns gerade noch durch die Winddrehung des Sturms erspart geblieben war.

„Sie antwortet nicht auf das Ruder", rief ich meinem jungen Begleiter zu.

„Ihr Kopf wird sich auszahlen", antwortete er, „wenn es uns gelingt, ein Stück Segel nach vorn zu hissen. Das *muss* sein, Sir. Helfen Sie mir?"

„Gott weiß, ich werde alles tun!", rief ich. „Zeig mir, was zu tun ist. Wir müssen unser Leben retten, wenn wir können. Vielleicht haben wir draußen auf dem Meer eine Chance."

Ohne ein weiteres Wort ging er vorwärts, und ich folgte ihm. Wir mussten oft innehalten, um nicht von den Füßen gerissen zu werden. Die Flut, die weiß zwischen die Reling schwappte, hob die Takelage von den Stiften und ließ die Seile über die Decks schlängeln, und unsere Bewegungen waren so sehr behindert, als ob wir uns durch einen Dschungel kämpften. Der Schaum um uns herum, außen und innen, ließ einen wilden, kalten Schimmer in die Luft dringen, der es uns ermöglichte, Umrisse zu erkennen. Tatsächlich erschien in manchen Augenblicken die gesamte Form der Bark , von ihren Schanzkleidern bis ein Stück weit hinauf zu ihren Masten, wie eine Skizze mit Tinte auf weißem Papier, wenn sie sich von der Schräge des Meeres abwandte und ihre Silhouette auf den Schaumberg malte, der auf der Leeseite von ihr wegdonnerte.

Mein Begleiter blieb einen Moment oder zwei im Schutz des Dienstwagens oder der Kombüse stehen, um mir zu sagen, was er vorhatte. Dann krochen wir auf das Vorschiff, und er bat mich, mich an einem Seil festzuhalten, das er mir in die Hand gab, und auf seine Rückkehr zu warten. Ich sah zu, wie er in die „Augen" des Schiffes kroch und auf den Bugspriet gelangte, aber danach verlor ich ihn aus den Augen, denn die See rauchte rund um das Schiffsbug so heftig – bei jedem Stoß des Buges stieg eine so dicke Schaumschicht auf –, dass die Luft dort, wo der Junge war, ein Nebel aus Kristallen war, und wäre er über Bord gegangen, hätte er nicht noch völliger aus meinem Blickfeld verschwinden können. Ich konnte tatsächlich nicht sagen, ob er weg war oder nicht, und ein Gefühl des Grauens überkam mich bei dem Gedanken, allein auf dem Schiff zurückgelassen zu werden, mit einem kranken und hilflosen Mann, der irgendwo achtern lag, und mit der Wut und Finsternis des furchtbaren Sturms um mich herum. Ich war auf der sicheren Seite und hatte keine bessere Hoffnung als die, die mir der Gedanke an die mitternächtliche Brust des stürmischen Atlantiks bot.

Nach einigen Minuten hörte man das Klappern von Segeltuch, das an eine Salve kleiner Schüsse erinnerte, die vom Bug abgefeuert wurden. Die Gestalt des Jungen kam aus dem Bugspriet aus einer Gischt, die dampfend in den Wind aufstieg.

„Es muss nur ein Bruchstück hochgezogen werden!", rief er mit dem Mund an meinem Ohr. „Zieh mit!"

Ich verlagerte mein Gewicht auf das Seil, und gemeinsam hoben wir das Segel ein paar Fuß weit auf das Stagsegel - es war das Stagsegel des Fockmastes, wie ich später herausfand.

„Genug!" rief mein Begleiter mit seiner klaren, durchdringenden Stimme. „Wenn es nur so lange hält, bis das Schiff seine Gewinne einbringt, ist alles in Ordnung. Mehr dürfen wir nicht verlangen."

Er befestigte das Seil, an dem wir uns festgezurrt hatten, an einem Stift, und ich folgte ihm nach achtern. Selbst in dieser Zeit der Not und des Schreckens fand ich Zeit, mich über die Kühle und Unerschrockenheit seiner Seele zu wundern, die sich in seiner klaren, unerschütterlichen Rede ausdrückte, in dem scharfen Urteilsvermögen und der augenblicklichen Entschlossenheit eines Jungen, der, wie ich aus seiner Stimme schließen konnte, kaum älter als fünfzehn oder sechzehn Jahre sein konnte. Gemeinsam ergriffen wir das Steuerrad erneut, einer auf jeder Seite, und warteten. Aber wir ließen uns nicht lange in Ungewissheit halten. Tatsächlich war die Barke schon gespannt, noch bevor wir das Ruder ergriffen hatten. Der Segeltuchfetzen hielt tapfer, und durch seine Kraft drehte sich der große Bug des Schiffes vom Sturm weg, und in wenigen Minuten lag es tot vor ihm, heftig schwankend, während die See an Heckreling und Achterkante brach und schäumte.

Aber die Dicke ihrer Rahen mit der darauf aufgerollten Leinwand, auch die Dicke der Masten, die Breite der Spitzen, die komplizierte Ausrüstung aus Wanten, Achterstag und laufendem Gut – all das bot dem dunklen und lebendigen Sturm, der direkt über das Heck brüllte, genügend Widerstand, um dem Kiel des Segels etwas von der Geschwindigkeit eines Pfeils zu verleihen. Sie raste wie verrückt hindurch, während bleiche Wolken um ihren Bug wehten und weiße Gipfel an ihren Seiten zischten, und eine Schneefahne unter ihrem Heck sich durch die Wogen der See bis zur halben Höhe des Besanmastes hob und ein unaufhörlicher Schaum über unsere Köpfe wehte, während der Junge und ich zusammen das Steuer hielten und das Schiff in

die Dunkelheit des großen Atlantischen Ozeans steuerten, mit den Augen
auf die Kompasskarte gerichtet, deren beleuchtete Scheibe den Kurs
anzeigte, auf den uns der Sturm trieb, nämlich ein wenig südlich von West.

KAPITEL IV.

HELGA NIELSEN.

Ganze zwanzig Minuten lang klammerten sich der Junge und ich wortlos an das Steuer. Die Geschwindigkeit des treibenden Schiffes machte seine Bewegung verhältnismäßig leicht, nachdem es vor Anker oder in der Wellenmulde unerträglich geschwankt, gerollt und getaucht war. Es wurde mit solcher Geschwindigkeit vorwärtsgetrieben, dass ich kaum oder gar keine Angst hatte, dass es die Wellen über sein Heck kriegen könnte, und es ließ sich gut steuern, mit nur wenig wilden Ausschlägen des Buges, wie man an der verhältnismäßig regelmäßigen Schwingung der Kompassrose erkennen konnte.

Dieses Rennen vor dem Sturm verringerte natürlich dessen Lautstärke und Kraft, soweit es unsere eigenen Sinne betraf; aber der Anblick des Meeres, zumindest soweit wir davon sehen konnten, zusammen mit dem Donnern des Windes hoch oben am Himmel und dem ungeheuren Schreien und Kreischen und Schrillen in der Takelage, war Grund genug, dass wir, wenn wir die Barke beiziehen würden , den Hurrikan jetzt stärker vorfinden würden als jemals zuvor, seit er zum ersten Mal aufgekommen war. Doch unser Rennen vor ihm schien ihn, wie ich schon sagte, etwas zu beruhigen, und wir konnten uns unterhalten, ohne schreien zu müssen, obwohl wir zwanzig Minuten lang stumm wie Statuen dastanden und warteten und zusahen.

Schließlich sagte mein Begleiter zu mir: „Meinen Sie, haben wir den Punkt, von dem Sie gesprochen haben, überschritten? "

„Oh ja", antwortete ich. „Es dürfte nicht mehr als zwei Meilen von der Stelle entfernt sein, an der wir losgetrieben sind. Unsere Geschwindigkeit kann nicht weniger als acht oder neun Knoten betragen haben. Ich würde sagen, Hurricane Point ist eine ganze Meile entfernt, auf der Achterseite."

„Ich fürchte", sagte er, „dass das Meer immer schwerer wird, je weiter wir vordringen."

„Ja", sagte ich, „aber was ist zu tun? Es bleibt uns nichts anderes übrig, als vorzurücken. Nehmen wir an, es würde sich noch einmal so ein Wind drehen wie gerade geschehen – was dann? Wir hätten eine tödliche Küstenlinie direkt unter unserem Windschatten. Nein, wir müssen so bleiben, wie wir sind."

„Wir sind nur zu zweit!", rief er. „Mein Vater kann nicht zählen. Was sollen wir tun? Wir können dieses große Schiff nicht steuern!"

„Das Wetter könnte umschlagen", sagte ich. „Es ist sicher zu stürmisch, um von Dauer zu sein. Worauf können wir hoffen, außer auf Rettung oder Hilfe von einem vorbeifahrenden Schiff? Ist dieses Schiff stabil?"

„Ja, es ist ein starkes Schiff", antwortete er. „Es ist etwa sechs Jahre alt. Mein Vater ist ihr Besitzer. Ich wünschte, ich könnte zu ihm gehen", fügte er hinzu. „Er wird brennend gerne erfahren, was passiert ist und was getan wird, und es ist schon zu spät für seine Medizin, und er wird sein Abendessen wollen!"

Ich versuchte, ihn zu sehen, als er diese Worte sprach, aber der Schein der Kompasslampe reichte nicht bis zu seinem Gesicht, und es war so schwarz wie das Antlitz des Himmels selbst, wenn man diesen Schein betrachtet. Was er gesagt hatte, hatte einen mädchenhaften Unterton, den ich nicht mit seiner Kleidung, seiner seetüchtigen Wachsamkeit, seinem temperamentvollen Benehmen , seinem flinken Herumkriechen auf dem Bugspriet und seiner Wahrnehmung dessen, was zu tun war, in Einklang bringen konnte, unter Bedingungen, die wohl den Verstand des ältesten und kühnsten Seemanns hätten trüben können.

„Bitte, geh zu deinem Vater", sagte ich. „Ich glaube, ich kann das Ruder mittschiffs ohne Hilfe halten." Und tatsächlich, wenn ich die Barke nicht allein hätte steuern können, weiß ich nicht, ob ich sie mit der Hilfe, die er mir anbieten konnte, hätte steuern können. Er schien nur ein schlanker Junge zu sein – zumindest soweit ich es aus dem Anblick, den ich hatte, als die Fackel brannte, beurteilen konnte – sehr flink, aber ohne die Kraft, die ich von einem jungen Seemann erwartet hätte, wie ich jedes Mal merkte, wenn das Steuerrad hoch- oder heruntergeklappt werden musste.

Er ließ die Speichen los und blieb ein oder zwei Minuten abseits stehen, als wollte er beurteilen, ob ich ohne ihn zurechtkäme. Dann sagte er: „Ich werde schnell zurück sein", und damit machte er einen Schritt und verschwand in der Dunkelheit vor dem Kompassstand.

Einen Augenblick lang blieben meine Gedanken bei ihm, bei der Klarheit und Reinheit seiner Stimme, bei etwas in seiner Sprache, das ich nicht definieren konnte und das mich verwirrte; bei seinen Worten, deren Englisch so gut war, wie man es sich zu Hause nur wünschen konnte, obwohl in seiner Betonung eine gewisse Schärfe und Prägnanz lag – vielleicht sollte ich auch ein wenig Härte sagen –, die ihn für ein englisches Ohr als Ausländer erscheinen ließ, obwohl es, wie ich damals vermutete, wahrscheinlicher war, dass diese Eigenschaft von der Aufregung, der Bestürzung und der Bedrängnis herrührte, die in ihm wie in mir herrschten.

Aber er hörte schnell auf, meine Gedanken zu beschäftigen. Worüber konnte ich nachdenken, außer über die Situation, in der ich mich befand – das Schauspiel der schwarzen Silhouette der Bark , die sich auf die weißen

Wassermassen malte, die sie um sich herum aufwirbelte, während sie vorwärts raste und den Bug unter Wasser warf, während in ihrer Takelage unheimliche Schreie widerhallten, als ob die dunkle, wogende Masse aus Mast und Ausrüstung oben voll von gequälten Seelen wäre, die kläglich jammerten und heulten und kreischten? Ich erinnerte mich an den Traum meiner Mutter; ich glaubte, ich handelte in einem schrecklichen Albtraum meines eigenen Schlafes; alles war so plötzlich geschehen – so viele Emotionen, wilde Aufregung, Aufruhr und, ich darf sagen, Entsetzen waren in den kurzen Zeitraum zwischen dem Kentern des Rettungsboots und diesem Rausrasen aus der Bucht gepackt worden, dass ich, jetzt, da ich ein wenig Muße hatte, meinen Geist auf die Betrachtung der Wirklichkeit zu richten, nicht daran glauben konnte, als wäre es etwas Wirkliches. Ich war benommen; mein Gehör war betäubt vom unaufhörlichen Tosen des Windes und der See. Die *Janet* ist untergegangen! Vielleicht sind alle meine löwenherzigen Männer ertrunken! Die armen Dänen, für die sie ihr Leben verwirkt hatten, längst Leichen! Würde das meiner Mutter nicht das Herz brechen? Würde es einen Überlebenden geben, der ihr erzählen könnte, dass ich, als ich das letzte Mal gesehen wurde, an Bord der Barke war ? Wieder einmal dachte ich an das kleine Wohnzimmer , das ich vor wenigen Stunden verlassen hatte – ich stellte mir meine Mutter vor, wie sie am Feuer saß, wartete und lauschte – die lange Nacht, die bittere Qual der Ungewissheit! – Zum Glück für mich war die Verpflichtung, das Schiff beobachten und steuern zu müssen, zu dieser Zeit eine ständige Belastung für meinen Geist, denn hätte ich mich hinsetzen und mich ganz meiner Stimmung hingeben können, Gott weiß am besten, wie es mir ergangen sein muss.

Der Junge war etwa zehn Minuten weg. Ich fand ihn neben dem Rad, ohne sein Kommen bemerkt zu haben. Er kam aus der Dunkelheit, wie ein Geist Gestalt annehmen könnte, und ich wusste nicht, dass er in meiner Nähe war, bis er sprach.

„Mein Vater sagt, unsere Sicherheit liege darin, aufs offene Meer hinauszufahren, um das zu erreichen, was Sie eine weite See nennen", sagte er.

„Was rät er?", fragte ich.

„Wir müssen weiterlaufen", sagt er, antwortete der Junge und meinte damit, *dass wir die* Barke vor dem Wind halten sollten . „Wenn die Küste weit hinter uns liegt, müssen wir versuchen , beizudrehen." So rät er. Ich sagte ihm, wir seien nur zu zweit. Er antwortete: „Das kann man machen.'"

„Ich wünschte, er könnte seine Kabine verlassen und die Verantwortung übernehmen", sagte ich. „Worüber beschwert er sich?"

„Kurz nachdem er Cuxhaven verlassen hatte, bekam er Rheuma in den Knien", antwortete er; „er kann nicht stehen – kann tatsächlich kein Bein bewegen."

„Warum ließ er sich nicht zur Behandlung an Land bringen?"

„Er hoffte, wieder gesund zu werden. Wir wollten in Swansea Halt machen, bevor wir nach Porto Allegre weiterfuhren, und wenn er bei seiner Ankunft dort immer noch krank war, wollte er einen anderen Kapitän für die *Anine* *anheuern* und mit mir in Swansea bleiben, bis er nach Hause zurückkehren konnte."

„Wer war für die Barke verantwortlich , als sie in der Bucht anlegte?", fragte ich. Es war eine Art Erleichterung, diese Fragen zu stellen und tatsächlich jemanden zum Reden zu haben, denn selbst meine zehn Minuten der Einsamkeit am Steuer dieses stampfenden und schäumenden Schiffes hatten mich bis ins Innerste meiner Seele deprimiert.

„Der Zimmermann, der als zweiter Maat fungierte."

„Ja, ich erinnere mich, dass einige unserer Bootsleute die Nachricht überbrachten. Ihr erster Maat brach sich das Bein und wurde an Land geschickt. Aber hat Ihr Vater der *Anine zugestimmt?* „In einer so gefährlichen Bucht wie der unseren vor Anker zu gehen – gefährlich, meine ich, angesichts des damaligen Wetters?"

„Er war dem Mann Damm ausgeliefert – dem Zimmermann, meine ich", antwortete er. „Die Mannschaft hatte sich geweigert, auf See zu bleiben: Sie sagten, ein Sturm käme und man müsse Schutz suchen, bevor der Wind käme, und der Zimmermann steuerte die Barke in den ersten Hafen, den er erreichte, und das war zufällig Ihre Bucht. Unsere Mannschaft bestand nicht aus guten Leuten; sie murrten viel, wie Ihr englisches Wort lautet, von der Stunde an, als wir Cuxhaven verließen."

„Aber", sagte ich, „die armen Kerle, die aus der Focktakelung sprangen, können doch nicht die gesamte Besatzung eines Schiffes dieser Last gebildet haben."

„Nein", antwortete er. „Der Zimmermann und fünf Männer konnten in einem der Boote entkommen, als sie bemerkten, dass die Barke ihre Anker mit sich zog. Sie ließen ein Boot zu Wasser, das volllief und in Stücke gerissen wurde, und das Wrack hängt, so nehme ich an, noch immer an den Takelagen. Sie ließen das andere Boot zu Wasser und fuhren damit fort."

„Haben sie das Ufer erreicht?"

„Ich weiß nicht", sagte er.

„Das müssen schlimme Leute gewesen sein", sagte ich – „diejenigen, die mit dem Boot entkamen, und diejenigen, die in den Wanten hingen, um deinen hilflosen Vater seinem Schicksal zu überlassen."

„Oh, ein übler Haufen, ein böser Haufen!", rief er. „Das waren keine Dänen", fügte er hinzu. „Dänische Seeleute hätten sich nicht so verhalten wie diese Männer."

„Sind Sie Däne?", fragte ich.

„Mein Vater ist es", antwortete er. „Ich bin ebenso sehr Engländer wie Däne. Meine Mutter war Engländerin."

„Ich hätte geglaubt, Sie seien ein reiner Engländer", sagte ich. „Sind Sie Seemann?"

Er antwortete: „Nein." Ich wollte gerade etwas sagen, als er ausrief: „Ich bin ein Mädchen!"

Insgeheim hatte ich dies schon seit einiger Zeit vermutet, und doch war ich kaum weniger erstaunt, als wenn ich nicht schon vorher einen Verdacht geschöpft hätte.

„Ein *Mädchen* !", rief ich und tastete ihre Gestalt ab, aber vergebens. Sie war absolut nicht zu erkennen, abgesehen von ihren Armen, die vom Dunst des Kompasslichts undeutlich berührt wurden, als sie auf den Speichen des Steuerrads lagen.

„Ich habe Lust, mich an Bord eines Schiffes als Junge zu verkleiden!", rief sie aus, und ich konnte in ihrer klaren Aussprache kein einziges verlegenes Stottern heraushören. Ihre Worte drangen ohne eine Silbe durch das schwere Tosen des Sturms zu meinem Ohr, der mit der Wut eines Wirbelsturms von den Meeresfronten aufblitzte, die auf uns zustürmten, als das Heck der Barke in die ganze Wucht und das Auge des Unwetters aufstieg.

So weit hatten wir uns unterhalten, doch in diesem Augenblick erfasste eine gewaltige Woge die Barke und riss sie in einer so langen, schwindelerregenden und ekelerregenden Erschütterung in die Höhe, gefolgt von einem so wilden Sturz in die schäumende Mulde an ihrem Grund, dass mir das Sprechen verstummte und ich an nichts anderes mehr denken konnte als an die berghohen Wogen, die jetzt dahinrollten. Tatsächlich wurde die See, wie mein Begleiter vorhergesagt hatte, umso schwerer, je weiter wir uns vom Land entfernten. Das Spiel des Ozeans wurde hier draußen durch die Doppelnatur des Sturms unbeschreiblich wild; denn die Meere, die aus dem Westen heraufgebraut waren, waren noch nicht von der Gewalt des neuen Sturms und dem Schleudern der flüssigen Hügel aus dem Osten bezwungen worden; und die Barke kämpfte jetzt in derselben Art pyramidenförmiger See wie in der Bucht, nur dass hier die ganze Kraft des großen Atlantiks in jeder

Woge steckte und der Kampf zwischen den rivalisierenden Wassermassen wie ein Kampf mächtiger Giganten war.

Die Decks waren voll Wasser; in regelmäßigen Abständen wölbte sich die Meeresfront, die an uns vorbeirauschte, so schnell wie unsere eigene Geschwindigkeit auf ihrem schnellen Rücken, über die Reling und stürzte in einem schweren Wasserschwall an Bord, und der Rauch stieg von den Planken auf, als stünde die Barke in Flammen, und ließ die Schwärze vor dem Großmast eisgrau erscheinen. Vergeblich suchte ich nach der kleinsten Lücke in der dunklen Himmelsdecke. Wird das Schiff in der Lage sein, sich über Wasser zu halten?, fragte ich mich jetzt die ganze Zeit. Ist es möglich, dass ein von Menschenhand errichtetes Bauwerk eine so stürmische Nacht wie diese übersteht? Wie ich bereits sagte, war ich kein Seemann, doch meine Ausbildung an der Küste ließ mich sehr schnell erkennen, dass die beste, wenn nicht die einzige Chance für unser Leben darin bestand, die Barke beizulegen und sie den Wellen zu überlassen und das Wetter so gut es ging mit festgebundenem Ruder und vielleicht einem Stück Persenning in der Luvtakelung auszusitzen, um den Bug oben zu halten. Aber das, was man sich leicht wünschen konnte, war unsagbar gefährlich, zu versuchen oder zu erreichen, denn es war sehr wahrscheinlich, dass wir, wenn wir das Schiff zur See bringen wollten, von vornherein untergingen. Ein einziger Wellengang würde vielleicht genügen, um unser Ziel zu erreichen, und wenn das nicht gelang, bestand die fast sichere Aussicht, dass die Decks gefegt würden, dass jede Errichtung von der Heckreling bis zum Bug weggeschwemmt würde, uns eingeschlossen; dass durch einen einzigen Schlag zwanzig Lecks entstanden und dass, selbst wenn das Mädchen und ich uns festhalten konnten, die Barke unter unseren Füßen unterging.

So rasten wir vorwärts, jagten buchstäblich unter bloßen Stangen hindurch, wie man das nennt, und lange Zeit wechselten wir kein Wort miteinander, so präsent war das Unglück, so nah war der Tod, so schrecklich waren die donnernden Geräusche der Nacht, so sehr nahmen wir unsere Aufgabe in Anspruch, das fliegende Gewebe vor den Meeren in Schach zu halten.

Ich zog meine Uhr heraus und hielt sie hastig an die Kompasslampe. Es war genau ein Uhr. Das Mädchen fragte mich nach der Uhrzeit. Das war das erste Wort, das seit langem zwischen uns gewechselt wurde. Ich antwortete, und sie sagte mit einer Stimme, die außergewöhnlichen Elan verriet, aber dennoch nach ihrer vorherigen Äußerung schmachtend klang: „Jetzt, da es nach Mitternacht ist, kann der Sturm losbrechen; so ein heftiges Wetter kann doch nicht viele Stunden anhalten!"

„Ich wünschte, Sie würden gehen", sagte ich, „sich eine Erfrischung holen und sich ein wenig hinlegen . Ich glaube, ich kann es allein schaffen, das Schiff vor dem Wind zu halten."

„Wenn ich mich hinlege, dann nicht zum Schlafen", antwortete sie. „Aber wenn Sie meinen, dass ich für ein paar Minuten vom Rad loskomme, werde ich für uns beide eine Erfrischung besorgen. Außerdem möchte ich sehen, wie es meinem Vater geht."

Ich antwortete, wenn sich das Ruder als zu schwer für mich erweisen sollte, würde ihre Hilfe mich kaum davor bewahren, loslassen zu müssen.

„Glauben Sie das nicht", rief sie aus, „denn jetzt wissen Sie, dass ich ein Mädchen bin!"

„Ich habe es bisher nicht übers Herz gebracht, meine Verwunderung auszudrücken", sagte ich, „sonst würde mein Erstaunen und meine Bewunderung Sie beruhigen, wenn Sie glauben, ich zweifle an Ihrer Stärke und Leistungsfähigkeit, jetzt, da ich weiß, dass Sie ein Mädchen sind. Eine kleine Erfrischung wird uns beiden helfen", und ich wollte ihr raten, die Gelegenheit zu nutzen, trockene Kleidung anzuziehen, denn ich trug Ölzeug, wohingegen sie, soweit ich es beurteilen konnte, nur eine Cabanjacke und eine Stoffmütze trug; und ich wusste, dass sie immer wieder bis auf die Haut durchnässt war und dass der Wind, der auf sie einprasselte, ihr bis ins Herz frieren würde. Aber selbst in einer solchen Situation war ich mir einer Scheu bewusst, zu sagen, was mir durch den Kopf ging, und schwieg.

Sie verließ das Steuerrad, und ich stand da und steuerte die Barke allein, den Blick auf die beleuchtete Kompassrose gerichtet. Dabei bemerkte ich, dass der Kurs des Schiffes, der es sonst immer direkt vor dem Sturm hielt, jetzt eine Spitze, nein, vielleicht zwei Spitzen, nach Südwest verlief, wodurch der Hurrikan eindeutig nach Norden abdrehte.

Ob es nun daran lag, dass diese kleine Winddrehung die kollidierenden Meere immer noch von Ost nach West traf oder dass eine schwere Brandung an Steuerbord entlang die Barke stark „gieren" ließ, wie man es nennt, und so eine große Woge gegen das Ruder drückte: Was auch immer die Ursache sein mochte, während mein Blick auf die Karte geheftet war, nahm das Heck des Schiffes plötzlich Fahrt auf, mit der Geschwindigkeit eines Ballons, von dem aller Ballast abgeworfen wurde. Die Speichen wurden mir aus der Hand gerissen, als sie sich wie das Antriebsrad einer auf Hochtouren laufenden Lokomotive drehten, und ich wurde schleudernd gegen die Reling geschleudert, von der ich auf die Knie fiel und mich benommen überschlug.

Soweit ich es beurteilen konnte, lag ich vielleicht fünf Minuten oder fünf Stunden ohne Bewusstsein da. Ich glaube, ich wurde wieder zu mir geholt, als das Wasser, das in dem Lee-Teil des Decks lag, in den ich geschossen worden war, über mich hinwegschwappte. Ich saß aufrecht da, konnte aber lange Zeit meine Gedanken nicht sammeln, so verwirrt waren meine Gedanken durch den Sturz und außerdem durch den Lärm um mich herum.

Dann erkannte ich die Gestalt des Mädchens, das am Steuer stand, und stand auf. Nachdem ich mich sozusagen abgetastet hatte, um sicherzugehen, dass alle meine Knochen intakt waren, taumelte oder krallte ich mich vielmehr zum Steuer hinauf; denn die Barke schien mir jetzt auf den Seiten zu liegen und mit schrecklicher Wildheit zu rollen, und manchmal strömte das schäumende Wasser über die Reling nach innen, die sie in Lee untertauchte.

Das Mädchen schrie auf, als sie mich erspähte. Ich musste ganz nah herankommen, um gesehen zu werden; da, wo ich hingeworfen wurde, war es so schwarz wie im Inneren des Schiffs. Sie schrie auf, sagte ein paar dänische Ausrufe und rief dann:

„Ich fürchtete, Sie wären verloren; ich fürchtete, Sie wären über Bord geworfen worden; ich hätte Sie nicht allein am Steuer lassen sollen. Sagen Sie mir, ob Sie verletzt sind?“

„Nein, ich bin unverletzt“, antwortete ich. „Aber was ist aus dem Schiff geworden? Ich habe mich gerade erst von meiner Ohnmacht erholt.“

„Oh!“, rief sie, „sie hat genau die Position eingenommen, die Sie sich gewünscht haben. Sie hat sich selbst in Position gebracht . Sie ist mit der Breitseite ins Meer gekommen, nachdem Sie vom Steuerrad geschleudert wurden. Wir werden gnädig bewacht. Wir hätten es nicht von uns aus gewagt, sie in den Wind zu bringen.“

Jetzt waren alle meine Sinne wieder aktiv und ich konnte selbst urteilen. Es war, wie das Mädchen gesagt hatte. Die Bark war in die Wellenrinne gefallen, hatte sich in Position gebracht und stemmte sich mit dem Bug gegen die schwere westliche Brandung, wobei sie in rhythmischen Bewegungen auf- und abkam. Immer wieder brachen Schaumwolken über ihrem Vorschiff aus, aber während ich sie beobachtete, schien sie mit jeder schwarzen Woge, die sie mittschiffs erfasste, schwimmfähig aufzusteigen.

„Hilfst du mir, das Steuer festzumachen?“, rief das Mädchen. „Das ist alles, was die *Anine* braucht, da bin ich sicher. Wenn wir das Steuer festmachen können, wird sie den Sturm allein bewältigen können.“

Gemeinsam drehten wir das Ruder „hart nach Lee“, um den Begriff aus der Seefahrt zu verwenden – wofür es in der Tat kein Äquivalent gibt, obwohl ich hoffe, in dieser Sprache so sparsam wie möglich zu sein, um Erklärungen abgeben zu können – und banden dann das Rad mit Seilen, die um die Speichen gewickelt waren, so fest, dass jedes Spiel darin verhindert wurde.

„Denken Sie“, sagte ich, „wird sie im Wind liegen, ohne dass hier hinten ein Stück Segeltuch angebracht ist, das ihren Bug im Wind hält?“

„Ich habe sie beobachtet. Ich glaube, sie wird sich sehr gut machen“, antwortete das Mädchen. „Ich hatte Angst, dass das kleine Segel, das wir in der Bucht gehisst haben, ihren Bug herumblasen würde, und da das nicht passiert, nehme ich an, dass das Segel in Fetzen ist. Bei so einem Sturm hätte man es nicht zerreißen hören."

„Hast du deinen Vater gesehen?"

„Ja. Ich habe mit ihm gesprochen, als Sie vom Steuerrad geschleudert wurden. Am Verhalten des Schiffes erkannte ich, was passiert war. Ich rannte hinaus und fürchtete, Sie wären verloren."

„Was rät er?"

„Er wünscht sich immer noch, dass wir weiterhin viel Seegang zwischen uns und dem Land haben. Aber ist Ihnen aufgefallen, dass der Sturm etwas nach Norden gezogen ist? Er wird froh sein, das zu hören, jetzt, wo wir nicht mehr dahinjagen. Unsere Drift sollte uns weit von Land's End wegbringen, und ich wage zu behaupten, dass wir jetzt mehrere Meilen pro Stunde von der Küste weggetrieben werden. Er möchte unbedingt wissen, ob die *Anine* Wasser aufgenommen hat, und möchte, dass ich den Brunnen auslote. Ich fürchte, ich werde das nicht allein schaffen."

„Warum sollten Sie?", rief ich. „Sie werden nichts allein tun! Ich kann nicht glauben, dass Sie ein Mädchen sind! So viel Geist – so viel Mut – so viel Wissen über einen Beruf, den Frauen wahrscheinlich als allerletztes auf der weiten Welt verstehen werden! Darf ich Sie bitte nach Ihrem Namen fragen?"

„Helga Nielsen", antwortete sie. „Mein Vater ist Peter Nielsen – Kapitän Peter Nielsen", wiederholte sie. „Und Ihr Name?"

„Hugh Tregarthen", sagte ich.

„Es ist traurig, dass Sie hier sind", sagte sie, „von zu Hause fortgebracht, all diese Strapazen und Gefahren erleiden müssen! Sie sind gekommen, um unser Leben zu retten. Gott wird Sie segnen, Sir. Ich bete, dass der liebe Gott Sie beschützt und Sie zu denen zurückbringt, die Sie lieben."

Trotz des Heulens des Windes und des unaufhörlichen Krachens und Tosens der schlagenden und kollidierenden See konnte ich die Erregung in ihrer Stimme hören, als sie diese Worte aussprach. Aber wie Sie sich vorstellen können, standen wir dicht beieinander, Schulter an Schulter am Kompasshäuschen, während wir diese Sätze austauschten.

„Es gibt Erfrischungen in der Kabine", sagte sie nach einer kurzen Pause. „Sie brauchen Unterstützung. Das war eine harte Nacht für Sie, Sir, von der Stunde Ihrer Ablegestelle bis zu uns ins Rettungsboot."

Ich musste lächeln, als ich die mütterliche Zärtlichkeit in ihrem Tonfall sah. Ich sehnte mich danach, sie klar sehen zu können, denn es war immer noch, als würde man in einem stockfinsteren Raum sprechen; die Lampe im Kompasshaus musste repariert werden, ihr Licht war schwach, und der Himmel lag grauenhaft schwarz über dem tobenden Ozean, gespenstisch, mit blassen Schimmern der Schaumschichten darunter.

„Wenn möglich, lasst uns zuerst den Brunnen ausloten", sagte ich, „um unseres Lebens willen sollten wir herausfinden, was unten vor sich geht!"

Inzwischen hatten wir lange genug gewartet und beobachtet, um uns davon zu überzeugen, dass die Bark mit festgebundenem Ruder so gut zurechtkam, wie wir es uns erhofft hatten. Außerdem waren die Rahen glücklicherweise in der richtigen Position für die Lage, in der sie lag, denn sie waren in den Wind gerichtet – die Vorrahen auf der einen Seite, die Großrahen auf der anderen –, als der Sturm in der Bucht aufkam, und die Streben waren seitdem nicht mehr berührt worden. Ich ging mit dem Mädchen zum Eingang des Deckshauses, dessen Tür nach vorne zeigte. Sie betrat das Gebäude und zündete, während ich draußen wartete, eine Ochsenaugenlampe an, mit der sie zu mir zurückkam, und gemeinsam gingen wir nach vorn zu einem anderen Haus, das hinter der Galeere gebaut war. Dies war der Ort gewesen, an dem die Mannschaft geschlafen hatte. Die Truhe des Zimmermanns war hier, ebenso wie die Echolot-Stange. Wir gingen dann zu den Pumpen, und während ich die Lampe hielt, ließ sie die Stange in das Peilrohr fallen, zog sie hoch, brachte sie ans Licht, untersuchte sie und nannte die Wassertiefe im Laderaum. Ich erinnere mich nicht an die Zahl, aber ich weiß noch, dass sie zwar bedeutsam war, uns aber nicht besonders beunruhigte, wenn man sah, wie stark und wie oft das Schiff von der See überflutet worden war und wie viel Wasser von oben gekommen sein könnte.

Ich erzähle diese kleine Passage in wenigen Zeilen, doch sie ist eine der eindringlichsten Erinnerungen an mein Abenteuer. Während ich schreibe, habe ich das Bild vor Augen. Ich sehe uns beide, wie wir zum Stehen kommen und uns gegenseitig festhalten, während das Schiff auf dem Abhang einer riesigen, stürmischen See wie verrückt umkippt. Ich sehe das grelle Licht der Ochsenaugenlampe in der Hand des Mädchens, das wie ein Irrlicht auf der schwarzen Flut zwischen den Reling tanzt und die Neigung des Decks bis zu unseren Knien überspült; ich sehe, wie sie die Rute in das Rohr fallen lässt, sie kühl untersucht und ihre Anzeige erklärt, während ich im Aufblitzen des Lampenlichts einen flüchtigen Blick auf ihr Gesicht erhasche, das weiß leuchtet – mit großen Augen, wie es mir schien – in der Schwärze, die donnernd über das Deck rast.

Sie ging voran ins Deckshaus. Dort schwang eine kleine Laterne wild an einem Mittelbalken – meine Begleiterin hatte sie angezündet, als sie die Bullaugenlampe besorgt hatte – sie verbreitete ein gutes Licht , und ich konnte sehr deutlich sehen. Es war nur ein schlichtes, gewöhnliches

Schiffsinneres mit drei kleinen Fenstern an einer Seite, einem kleinen Tisch, Schränken auf beiden Seiten und einer Schlafkoje oder Kabine achtern, die für den Kapitän bestimmt war; die Kajütenluke, die zum Deck darunter führte, befand sich zwischen dem hinteren Ende der Kabine und der Schottwand der Koje, aber der rasche Blick, den ich um mich warf, verwandelte sich, wie Sie sich vorstellen können, schnell in einen Blick – einen langen Blick – voller Neugier, Überraschung und Bewunderung auf das Mädchen.

Sie stand vor mir, gekleidet wie ein junger Matrose, in einem Anzug aus Lotsenstoff und mit einem roten Seidentuch um den Hals; aber als sie hereinkam, nahm sie als Erstes ihre klatschnasse Stoffmütze ab und warf sie auf den Tisch; und so stand sie da, ihre Augen auf mich gerichtet, während meine auf sie gerichtet waren, und wir musterten einander. Ihr Haar war kurz geschnitten, rau und üppig, ohne jegliche Spur von Mode in der Art, wie sie es trug – nein, es war tatsächlich ungescheitelt. Es war sehr blondes Haar und im Lampenlicht so blass wie Bernstein. Ihre Augenbrauen waren von dunklerer Farbe und sehr perfekt gewölbt, als wären sie mit Bleistift gezeichnet . Es war unmöglich, die Farbe ihrer Augen in diesem Licht zu erraten: sie schienen von einem sehr dunklen Blau, wie es im Sonnenschein violett wirken könnte, weich und flüssig, und hatten selbst in dieser Stunde der Gefahr, des Schreckens des Sturms, der Aussicht auf den Tod einen Ausdruck, der einen leicht annehmen ließ, sie sei von einem sowohl sanften als auch fröhlichen Wesen. Auf ihrem Gesicht war nichts davon zu sehen, dass sie dem Wetter ausgesetzt war; sie war weiß vor Müdigkeit und Erregung. Ihre Wangen waren rund, ihr Mund klein, die Unterlippe ein wenig geschürzt und ihre Zähne perlenartig und sehr regelmäßig. Selbst bei dem Licht, in dem ich sie jetzt betrachtete, hätte ich sie keinen Augenblick lang für einen Jungen halten können. Nichts an ihrer Kleidung konnte auch nur für einen Augenblick die Andeutung ihres Geschlechts neutralisieren.

„Ich werde dich zu meinem Vater bringen", sagte sie, „aber zuerst musst du essen und trinken."

Ich hätte nicht sagen können, wie erschöpft ich war, bis ich mich auf einen Spind sinken ließ und meine Arme auf den Tisch legte. Ich war zu müde, um die Fragen zu stellen, die ich ihr zu einem anderen Zeitpunkt hätte stellen sollen, und konnte nichts weiter tun, als sie mit einer Art stumpfem Staunen über ihre Behändigkeit und den Elan und die Entschlossenheit ihrer Bewegungen zu beobachten, als sie den Deckel des Spinds hob und eine Flasche Hollands, etwas Aufschnitt und eine Dose mit weißen Keksen herausholte.

„Wir haben kein Brot", sagte sie lächelnd. „Wir haben ein paar Brote von der Isle of Wight mitgebracht, aber das letzte wurde gestern gegessen."

Sie nahm ein Glas von einem Gestell und mischte einen Schluck Hollands mit etwas Wasser, das sie aus einem an einem Pfosten befestigten Filter bekam, und reichte ihm das Glas.

„Bitte, lass mich dir folgen!", sagte ich. Sie schüttelte den Kopf. „Ja!", rief ich. „Weiß Gott, du brauchst ein solches Stärkungsmittel dringender als ich!"

Ich überredete sie zum Trinken, nahm dann das Glas und leerte es. Ein zweiter Schluck wärmte und ermutigte mich. Ich hatte keinen Appetit, war aber bereit zu essen, um die Kraft zu bekommen, die eine Mahlzeit mir geben konnte. Das Mädchen machte sich ein Sandwich aus Keksen und Fleisch, und wir machten uns ans Werk. Und so saßen wir uns gegenüber, aßen und starrten einander an; wir beide lauschten die ganze Zeit mit allen Ohren auf die tosenden Geräusche draußen, auf die angespannten Geräusche im Inneren des Schiffes und spürten – ich spreche von mir selbst – mit jedem Nerv, der so angespannt war wie eine Geigensaite , die verzweifelten Neigungen und Stürze und Erhebungen des Decks oder der Plattform, auf der unsere Füße ruhten.

KAPITEL V.

DÄMMERUNG.

Es war jedoch eine Erfrischung für alle Sinne, die man mit Worten nicht beschreiben kann, in dem Schutz, den dieses Deckshaus uns bot, nachdem wir so lange dem strömenden Sturm ausgesetzt gewesen waren, der uns zusätzlich durch die Gischtmassen belastete, die uns wie bleierner Hagel ins Gesicht schlugen und das Kreischen der Musketenschüsse mit sich trugen, als sie am Ohr vorbeischlugen. Es war ruhig in diesem Deckshaus; die ohrenbetäubenden Geräusche draußen klangen hier etwas gedämpft; aber die wilde Bewegung des Schiffes wurde durch das Spiel der hängenden Laterne auf erstaunliche Weise veranschaulicht, und das Schwingen der beleuchteten Kugel wurde durch die Ruhe der Atmosphäre, in der sie schwang, noch wilder und wunderbarer.

„Ich glaube nicht, dass die See über das Schiff hereinbricht", sagte das Mädchen und blickte mich in einer Haltung des Zuhörens an. „Das ist schwer zu sagen. Ich fühle kein Zittern wie durch das Herunterprasseln des Wassers auf dem Deck."

„Sie kämpft tapfer", sagte ich. „Aber was würde ich jetzt für ein paar Ihrer Männer geben, die ins Rettungsboot gesprungen sind? Dass wir so wenige sind – wir sind nur zu zweit und Sie eine Frau –, macht unsere Lage so schwierig."

„Ich habe nicht die Kraft eines Mannes", sagte sie lächelnd und heftete ihre sanften Augen auf mein Gesicht, „aber Sie werden sehen, dass ich das Herz eines Mannes habe. Wollen Sie jetzt kommen und meinen Vater besuchen?"

Ich stand sofort auf und folgte ihr. Sie klopfte an eine kleine Tür, wo die Schottwand die innere Kabine abtrennte, trat dann ein und forderte mich auf, ihr zu folgen.

Vom Oberdeck herab hing ein Feldbett, in dem ein Mann fast aufrecht saß, sein Rücken wurde von Nackenrollen und Kissen gestützt; eine Wandlampe brannte gleichmäßig über einem Tisch, auf dem ein oder zwei Bücher, eine Seekarte, ein paar nautische Instrumente und dergleichen lagen. Es gab keine Möglichkeit, sich umzuziehen, und ich vermutete, dass dies eine Art Kartenraum war, den der Kapitän gewählt hatte, um leicht und ohne Verzögerung in Reichweite des Decks zu sein.

Er war ein auffallend aussehender Mann mit kohlschwarzem Haar, das auf einer Seite gescheitelt war, sehr flach auf seinem Kopf lag und sich auf seinem Rücken kräuselte. Er trug einen langen Ziegenbart und Schnurrbart und sah mit seinem tagelangen Bart auf den Wangen etwas grimmig aus; seine Brauen waren dicht behaart, seine Stirn niedrig, seine Augen sehr dunkel, klein und durchdringend. Er war von totenbleicher Haut und schien mir ein Mann zu sein, dessen Tage gezählt waren. Dass seine Krankheit mehr als Rheuma war, musste man ihn nicht zweimal ansehen, um sich davon zu überzeugen. Seine Tochter sprach ihn auf Dänisch an, dann, als sie sich wieder fasste, rief sie mit einem halben entschuldigenden Blick auf mich aus:

„Vater, dies ist Mr. Hugh Tregarthen, der edle Gentleman, der das Rettungsboot kommandierte und sein Leben riskierte, um unseres zu retten. Ich bete, dass Gott, der tapfere Seelen liebt, ihn in Sicherheit zu denen zurückbringt, die ihm lieb sind.“

Kapitän Nielsen streckte mit schmerzverzerrtem Gesicht schweigend die Hand über die Kante seiner Pritsche. Auch ich ergriff sie schweigend. Sie war eiskalt. Er blickte mir eine Weile schweigend in die Augen, und ich glaubte, ihn Tränen vergießen zu sehen. Dann legte er seine Hand in einer zärtlichen Geste auf meine und ließ sie wieder los – denn die Schaukel der Pritsche erlaubte es ihm nicht, meine Hand länger als ein oder zwei Augenblicke zu halten – und rief mit leiser, aber deutlich hörbarer Stimme: „Ich bitte den gütigen und gnädigen Herrn des Himmels und der Erde, Sie zu segnen, um *ihretwillen* – um meiner Helga willen – und im Namen derer, die umgekommen sind, die Sie aber gerettet hätten!“

„Captain Nielsen“, sagte ich, tief bewegt von seinem Benehmen und seinem Aussehen, „hätte es dem Himmel gefallen, wenn ich Ihnen und Ihren Männern von wirklichem Nutzen gewesen wäre! Es tut mir leid, Sie in diesem hilflosen Zustand zu finden. Ich hoffe, Sie leiden nicht?“

„Solange ich ruhe, habe ich keine Schmerzen“, antwortete er, und mir fiel jetzt auf, dass sein Akzent zwar eine deutlich skandinavische Härte aufwies, die in der Sprache seiner Tochter durch die Klarheit – ich möchte sagen, die Melodie – ihrer Stimme gemildert wurde, sein Englisch jedoch ebenso klar ausgesprochen war wie ihres. „Aber wenn ich mich bewege“, fuhr er fort, „habe ich große Schmerzen. Ich kann nicht stehen; meine Beine sind so träge und hilflos, als wären sie gelähmt. Aber jetzt erzähl mir von der *Anine* , Helga“, rief er, und als er sie ansprach, trat ein Ausdruck mitleiderregenden, sehnsüchtigen Verlangens in sein Gesicht. „Hast du den Brunnen gebohrt?“

'Ja Vater.'

„Welches Wasser, mein Kind?“, fragte sie ihn. „Ha!“, rief er plötzlich gereizt aus. „Die Pumpe sollte unverzüglich besetzt werden. Aber wer ist da, um sie zu bedienen?“

„Wir beide werden es in Kürze tun“, rief sie und wandte sich mir zu. „Wir brauchen eine kleine Verschnaufpause. Mr. Tregarthen und ich“, sagte sie, während sie noch immer mit ihren sanften, flehenden Augen auf mich gerichtet sprach, „haben Kraft oder jedenfalls genug Mut, um uns Kraft zu geben. Und er wird mir bei allem helfen, was wir für nötig erachten, um die *Anine* und unser Leben zu retten."

„In der Tat, ja!" sagte ich.

„Setzt euch, ihr beiden", rief Kapitän Nielsen. „Ruht euch aus. Helga, habt ihr euch um das Wohl des Herrn gekümmert? Hat er etwas zu essen bekommen?"

Sie antwortete ihm und setzte sich auf einen kleinen Spind, wobei sie mich mit einem Blick einlud, mich neben sie zu setzen, da es in der Kabine außer dem Spind keine andere Möglichkeit gab.

„Ich wünschte, ich könnte Ihre Tochter überreden, sich etwas auszuruhen", sagte ich. „Auch ihre Kleider sind völlig durchnässt!"

„Es ist Salzwasser", sagte Kapitän Nielsen. „Es wird ihr nicht schaden. Sie ist sehr an Salzwasser gewöhnt, Sir." Und dann sprach er seine Tochter auf Dänisch an. Die Ähnlichkeit einiger Wörter, die er verwendete, mit unserem Englisch ließ mich annehmen, dass er von ihrer Ruhe sprach.

„Die Pumpen müssen in Gang gesetzt werden", sagte sie und sah mich an. „ Zuallererst müssen wir die Barke über Wasser halten, Mr. Tregarthen. Wie unbedeutend ist Schlafmangel , wie unbedeutend die Unannehmlichkeit feuchter Kleidung zu einer Zeit wie dieser!"

Sie öffnete ihre Jacke und zog eine silberne Uhr aus der Tasche, dann nahm sie eine Flasche Medizin und ein Weinglas von einem kleinen runden Tablett, das an dünnen Ketten neben dem Feldbett hing, und gab ihrem Vater eine Dosis. Er begann uns nun Fragen zu stellen, wobei er in seiner Eile und seinem Eifer gelegentlich Dänisch sprach. Er erkundigte sich nach den Masten – ob sie intakt waren, ob irgendwelche Segel gespalten waren, ob die *Anine* außer dem Verlust ihrer beiden Boote, von dem er offensichtlich von seiner Tochter erfahren hatte, noch andere Schäden davongetragen hatte. Seine weißen Wangen liefen vor Zorn rot an, wenn er von seinen Männern sprach. Er nannte den Zimmermann Damm einen Schurken, sagte, wenn es nach ihm gegangen wäre, wäre die Barke nie in dieser Bucht gestrandet, Damm habe sie, wie er jetzt glaubte, ebenso sehr aus Bosheit wie aus Leichtsinn dorthin getragen, in der Hoffnung, dass die *Anine* an Land gehen würde, aber natürlich davon ausgegangen, dass die Besatzung gerettet würde. Er schüttelte seine Faust, als er den Namen des Zimmermanns aussprach, und stöhnte dann laut vor Angst, als er seine Glieder infolge seiner Erregung bewegte. Er lag ein wenig ruhig da, wurde ruhig und redete, während er seine dünnen Finger auf der Brust legte. Er teilte mir mit, dass die *Anine* sein Schiff sei, dass er mehrere Hundert Pfund ausgegeben habe, um sie für diese Reise auszurüsten, dass er mit der Ladung ein gewisses Risiko eingegangen sei und dass, mit einem Wort, alles, was er in der weiten Welt wert war, in diesem

Bauwerk stecke, das jetzt schwer und oft wie verrückt arbeitete , unbewacht, inmitten der Schwärze der Hurrikannacht.

„Ihre Tochter und ich müssen versuchen , sie für Sie zu erhalten", sagte ich.

„Möge der gesegnete Gott es gewähren!", rief er. „Und wie gut und heldenhaft sind Sie, so zu sprechen!", sagte er und sah mich an. „Sicher hatte Ihr großer Nelson recht, als er uns Dänen die Brüder der Engländer nannte. Mögen unsere Länder immer Brüder in Zuneigung sein! Wir haben Ihnen eine süße Prinzessin geschenkt – das ist eine Schuld, deren Rückzahlung die Großzügigkeit Ihres Volkes auf die Probe stellen wird." Das Lächeln, das sein Gesicht erhellte, als er sprach, ließ mich eine Ähnlichkeit zwischen ihm und seiner Tochter erkennen. Es war, als würde man Licht auf ein Bild werfen. Er sah sie jetzt mit einem Ausdruck voller Zärtlichkeit und Sorge an.

„Herr – Herr –", begann er.

„Tregarthen", sagte seine Tochter.

„Ja, Mr. Tregarthen", fuhr er fort, „es wird Sie wundern, dass ein Mädchen so gekleidet ist wie Sie, Helga. Waren Sie jemals in Dänemark, Sir?"

„Niemals", antwortete ich.

„Sie werden doch nicht annehmen", sagte er mit einem weiteren sanften, einnehmenden Lächeln, das auch wegen der Bedeutung, die es seinem weißen Gesicht verlieh, mitleiderregend war, „dass Helgas Kleidung die Tracht dänischer Damen ist?"

„Oh nein", sagte ich. „Ich verstehe, wie es ist. In der Tat, erklärte Miss Nielsen. Das Kleid ist eine Laune. Und es ist ein sehr praktisches Schiffskleid. Aber man sollte ihr nicht die harte Arbeit eines Seemanns antun. Werden Sie glauben, Kapitän Nielsen, dass sie auf dem Bugspriet hinausfuhr und dort das Stagsegel losließ oder losmachte, als Ihre Barke auf dem Beilende in der Wellenrinne lag?"

Er nickte nachdrücklich und sagte: „Das ist nichts. Helga ist jetzt seit sechs Jahren mit mir zur See gefahren. Es ist ihr ein Vergnügen, sich in Jungenkleider zu kleiden – ja, und aufs Meer zu gehen und die Arbeit eines Seemanns zu verrichten. Ihre Hände sind dadurch abgehärtet und verdorben, aber ihr Gesicht ist schön anzusehen. Sie ist ein gutes Mädchen; sie liebt ihren armen Vater; sie hat keine Mutter, Mr. Tregarthen. Wäre meine liebe Frau am Leben, wäre Helga nicht hier. Sie ist mein einziges Kind." Und er tat so, als wolle er ihr die Arme entgegenstrecken, verschränkte aber sofort die Hände und sprach sie wieder auf Dänisch an, als ob er sie segnen würde.

Ich konnte ihren Kampf mit der Schwäche spüren, die dieses Gespräch in ihr auslöste. Sie bezwang ihre Gefühle, indem sie mir einen Blick zuwarf, der fast stolz war, als wollte sie mir zeigen, dass sie Herrin ihrer selbst war, und sagte, das Thema wechselnd, aber nicht abrupt: „Vater, glauben Sie, das Schiff kann weiterfahren, ohne dass es vom Deck aus beobachtet oder unterstützt wird?"

„Was kann man tun?", rief er. „Das Ruder ist fest in Lee festgebunden?" Sie nickte. „Was kann man tun?", wiederholte er. „Es würde nichts nützen, wenn Sie am Steuer stehen. Wie ist die Trimmung der Rahen?"

„Sie liegen so, wie sie in der Bucht befestigt waren", antwortete sie.

„Ich war auf Schiffen", sagte er, „die immer am besten zurechtkamen, wenn man sie in solch rauem Wetter allein ließ. Da war die alte *Dannebrog* ", fuhr er fort, und seine Augen schienen zu glänzen, als plötzlich eine glückliche Erinnerung in ihm aufkam. „Zweimal, als ich auf ihr war – einmal in der Ostsee, einmal im Südatlantik –, gerieten wir in Stürme: nun, vielleicht nicht so einen Sturm wie diesen, aber er blies sehr heftig, Mr. Tregarthen. Der Kapitän, mein alter Freund Sorensen, kannte sie wie seine Frau. Er richtete die Rahen aus, band das Ruder fest, schickte die Mannschaft unter Deck und wartete, Pfeife rauchend in der Kajüte, bis das Wetter umschlug. Sie kletterte trocken durch die Meere, und kein Wal hätte besseres Wetter daraus machen können. Ein Schiff hat seine eigene Intelligenz. Es ist der Geist des Meeres, der in sie eindringt, wie in die Vögel oder Fische des Ozeans. Beobachten Sie, wie lange ein Schiff umhertreibt, nachdem seine Mannschaft es verlassen hat. Sie hätten es vielleicht versenkt, wenn sie geblieben wären, ohne es zu verstehen. Auf See muss vieles dem Zufall überlassen werden, Helga. Nein, da kann man nichts machen. Damm hat uns berichtet, dass die Lukendeckel angebracht und alles in der Bucht gesichert ist. Natürlich ist es so still. Aber es wird mich beruhigen zu wissen, dass sie ein wenig vom Wasser befreit ist.'

„Ich bin bereit!", rief ich. „Ist die Pumpe zu schwer für meine Arme allein? Ich kann den Gedanken nicht ertragen, dass Ihre Tochter auf diesem nassen und heulenden Deck schuftet."

„Sie wird sich nicht schonen, auch wenn du es wünschst", sagte ihr Vater. „Wie spät ist es, meine Liebe?"

Sie sah auf ihre Uhr. „Zwanzig Minuten nach zwei."

„Noch eine ermüdende lange Zeit, bis die Morgendämmerung anbricht!", sagte er. „Und es ist Sonntagmorgen – ein Ruhetag für alle Welt, außer für die Seeleute. Aber es ist Gottes eigener Tag, und wenn der nächste Sabbat kommt, können wir ihn an Land anbeten und ihm für unsere Rettung danken."

Als er diese Worte aussprach, warf mir Helga, wie ich sie von nun an nennen werde, einen einladenden Blick zu und verließ die Koje, und ich folgte ihr in die Kajüte, wie ich das Innere des Deckshauses nennen möchte. Sie nahm die Ochsenaugenlampe, ordnete das Netz, bewaffnete sich mit der Echolot-Stange und betrat das Deck. Ich beobachtete ihre Bewegungen mit Erstaunen und Bewunderung. Ich hätte geglaubt, dass ich selbst für ein wilderes Spiel mit Planken als das, das uns jetzt hin und her warf, ziemlich gute Seebeine besaß; dennoch wagte ich es nie, meine Hände loszulassen, und es gab Momente, in denen die Erschütterung so schnell und der Fall so ekelerregend war, dass mir wieder der Kopf schwankte, und um mein Leben zu retten, hätte ich mich nicht einen Schritt weit bewegen können, bis das Gefühl vorüber war. Aber abgesehen von einer gelegentlichen Pause, einem gelegentlichen Griff nach dem, was neben ihr war, während eines ungewöhnlich heftigen Rollens, bewegte sich Helga mit fast derselben Leichtigkeit, die man bei ihr auf ebenem Boden gesehen haben musste. Ihre Gestalt schien tatsächlich zu schweben; sie schwankte im Takt der Bewegungen des Decks, wie eine Flamme aufrecht über einer Kerze schwebt, die man heftig darunter hin und her schwenkt.

Nach der relativen Ruhe des Unterschlupfs , aus dem ich trat, klang das Tosen des Sturms, als würde er wieder so heftig wehen wie damals, als wir das Deck verließen. Der Lärm des rauschenden und tosenden Wassers war ohrenbetäubend; als das Schiff seine Masten in den Wind drehte, sind das Schreien und Pfeifen oben nicht vorstellbar. Der Wind war von Gischt getrübt, die Decks schluchzten heftig vor Nässe und es war immer noch so stockfinster wie zu jeder anderen Stunde der Nacht. Helga richtete das Licht des Zielfernrohrs auf die Pumpenbremse oder den Griff, und dann machten wir uns an die Arbeit. In Abständen konnten wir uns unterhalten hören — das heißt, in einer kurzen Ruhepause, wenn sich die Barke im Herzen eines Tals befand, bevor sie den nächsten donnernden Abhang erklomm, und in ihrer Takelage mit der Stimme einer verwundeten Riesin schrie. Wie lange wir bei dieser trostlosen, scheppernden Arbeit blieben, kann ich mich nicht erinnern. Das Wasser schoss in Strömen, als wir die Kurbel bedienten, und der Schaum war überall um unsere Füße, als stünden wir in einer halben Faden tiefen Brandung. Ich war erstaunt über die Ausdauer und den Mut des Mädchens, und tatsächlich verdankte ich ihrer Courage die Hälfte meiner Kraft. Wäre ich allein gewesen, hätte ich meiner Überzeugung nach aufgegeben. Der Schlag des Steuerrads, der mich bewusstlos machte und zu meinen vorherigen Mühen dazukam , ganz zu schweigen von der geistigen Erschöpfung, die auf eine solche Herzensnot folgt, wie sie meine Situation und die Erinnerung an mein gesunkenes Boot und den möglichen Verlust all seiner Leute in mir verursacht hatten, müssen zu viel gewesen sein, wenn nicht das Beispiel und der Einfluss, die inspirierende Gegenwart dieser kleinen dänischen Löwin, Helga, gewesen wären.

In einer der Pausen, von denen ich gesprochen habe, rief sie: „Wir haben genug getan – für den Augenblick." Und während sie das sagte, ließ sie den Pumpenschwengel los und bat mich, die Lampe zu halten, während sie die Stange fallen ließ. Ich hatte unsere Bemühungen für unbedeutend gehalten und war überrascht, als ich erfuhr, dass wir einige Zentimeter tiefer ins Wasser gesunken waren. Wir kehrten zum Deckshaus zurück, aber kaum hatte ich es betreten, als mich eine so erschöpfende Erschöpfung packte, dass ich, anstatt mich hinzusetzen, auf die Kiste fiel und mein Gesicht in meinen Armen auf dem Tisch verbarg, bis die plötzliche Dunkelheit aus meinen Augen gewichen war. Als ich dann aufsah, stand Helga mit einem Glas Schnaps in der Hand neben mir. In ihrem Blick lag eine wunderbare Besorgnis und Mitleid.

„Trink das!" sagte sie. „Die Arbeit war zu schwer für dich. Es ist meine Schuld – es tut mir leid – es tut mir leid."

Ich schluckte den Trank und es ging mir besser.

„Diese Schwäche", sagte ich, „muss von dem Schlag herrühren, den ich an Deck bekommen habe. Ich habe dich von deinem Vater ferngehalten. Er wird deinen Bericht wollen", und ich stand auf.

Sie gab mir ihren Arm, und ohne diese Unterstützung hätte ich es, glaube ich, nicht bis zur Kapitänskoje geschafft, so schwach waren meine Glieder, so lähmend wirkten die heftigen Bewegungen des Decks auf mich und meinen erschöpften Zustand.

Kapitän Nielsen blickte uns erwartungsvoll über die Kante seiner Pritsche hinweg an. Helga ließ mich nicht los, bis ich auf dem Spind saß.

„Mr. Tregarthens Kräfte sind überfordert, Vater", sagte sie.

„Armer Mann! Armer Mann!", rief er. „Gott wird ihn segnen. Er hat viel für uns gelitten."

„Das muss eine Schwäche sein, nachdem ich betäubt worden bin", sagte ich und schämte mich, dass ich in einem solchen Moment das Mitleid eines Mädchens brauchte – das Mitleid eines Mädchens, das meine Mühen und Gefahren teilte.

„Was hast du mir zu sagen, Helga?", rief der Kapitän.

Sie antwortete ihm auf Dänisch und sie tauschten einige Sätze in dieser Sprache aus.

„Das Schiff ist sehr dicht", rief der Kapitän mir zu. „Es ist eine gute Nachricht", fuhr er fort, und sein weißes Gesicht erhellte sich vor Freude, „dass Sie beide in der Lage sein sollten, das Wasser im Laderaum unter Kontrolle zu bringen. Scheint sich das Wetter zu beruhigen?"

„Nein", sagte ich. „Der Wind weht genauso stark wie immer."

„Brecht die See an Bord?"

„Es wird viel Wasser umspült", sagte ich, „aber das Schiff scheint tapfer zu kämpfen."

„Wenn es Tag wird, Helga", sagte er, „wirst du eine Notflagge an der Besanmastspitze hissen . Wenn die Spitze zerstört wird oder die Fallleinen verloren gehen, muss die Flagge an den Besanwanten befestigt werden."

„Ich werde mich um alles kümmern, Vater", antwortete sie. „Und jetzt werden Sie sich ein wenig ausruhen, Mr. Tregarthen."

Der Gedanke, zu schlafen, während sie wach blieb, war für mich unerträglich. Obwohl keiner von uns an Deck von Nutzen sein konnte, war an gleichzeitiges Ausruhen für uns beide nicht zu denken, und sei es nur wegen des Trostes, den das Wissen bot, dass jemand wach war und Wache hielt.

„Ich werde mich gerne ausruhen", sagte ich, „unter der Bedingung, dass Sie sich jetzt hinlegen und zwei oder drei Stunden schlafen."

Sie antwortete nein; sie sei weniger müde als ich; sie habe nicht das durchgemacht, was ich im Rettungsboot erlitten habe. Sie bat mich, mich etwas auszuruhen.

„Es ist meine Selbstsucht, die dich anfleht", sagte sie. „Wenn du zusammenbrichst, was sollen mein Vater und ich dann tun?"

„Stimmt", rief ich aus, „aber uns dreien würde es noch schlechter gehen, wenn *du* zusammenbrechen würdest."

Als ich jedoch sah, dass sie es sehr ernst meinte und auch ihr Vater sich ihrer Bitte anschloss, mich auszuruhen, willigte ich ein, dass sie sich zuerst damit einverstanden erklärte, ihre durchnässten Kleider auszuziehen, denn es war schrecklich zu sehen, wie sie von Zeit zu Zeit fror und aussah, als wäre sie gerade über Bord gezogen worden. Doch ignorierte sie die Unannehmlichkeiten tapfer, lächelte, so oft sie mich ansprach, und unterhielt sich mit heiterer Miene mit ihrem Vater, wobei sie sich offensichtlich bemühte, ihn durch eine Miene heiterer Zuversicht zu besänftigen und zu beruhigen.

Sie verließ die Kajüte, und Kapitän Nielsen sprach sofort von ihr: Er erzählte mir, ihre Mutter sei Engländerin gewesen; er habe in London geheiratet, wo er zeitweise gelebt hatte; Helga habe einen Teil ihrer Ausbildung in Newcastle-on-Tyne erhalten, wo die Familie seiner Frau damals lebte, die jedoch inzwischen verstreut oder vielleicht tot sei; seines Wissens lebe nur noch ein Mitglied in Newcastle. Er sagte, er habe Helga nach dem Tod seiner

Frau mit zur See genommen, um sie im Auge zu behalten, und ihre Liebe zur See, ihr intelligentes Interesse an allem, was mit Schiffen zu tun hatte, seien so groß gewesen, dass sie mit einem Schiff ebenso viel anfangen konnte wie er selbst, und oft habe sie auf eigenen Wunsch die Wache übernommen, bei der sie die Segel gerafft und das Boot gewendet habe, als sei sie, kurz gesagt, der Kapitän gewesen. Der arme Mann schien seine erbärmliche Lage zu vergessen, während er von Helga sprach. Sein Herz war erfüllt von ihr; seine Augen füllten sich mit Tränen, während er rief: „Es ist nicht so, dass ich den Tod für mich selbst fürchte, noch fürchte ich den Verlust meines Schiffes, was für mich und mein Kind Betteln bedeuten würde. Es ist für sie – für meine kleine Helga. Wir haben Freunde in Kolding, wo ich geboren wurde, und in Bjert, Vonsild, Skandrup und an anderen Orten. Aber wer wird der Waise helfen? Meine Freunde sind nicht reich – sie könnten wenig tun, egal wie großzügig sie sind. Ich bete zu Gott, um meines Kindes willen, dass wir gerettet werden – ja, und um deinetwillen – das hätte ich gesagt", fügte er hinzu und lächelte schwach, obwohl sein Gesicht Kummer zeigte.

Er fing gerade an, mich über mein Zuhause auszufragen, und ich erzählte ihm, dass meine Mutter noch lebte und dass sie und ich allein auf der Welt waren und dass ich fürchtete, sie würde denken, ich sei ertrunken, und trauern, bis ihr das Herz bricht, denn sie war eine alte Dame und ich war ihr einziger Sohn, so wie Helga seine einzige Tochter war, als das Mädchen hereinkam und ich abbrach. Sie hatte ihre Kleidung gewechselt, aber sie war noch immer wie ein Junge gekleidet. Ich hatte geglaubt, sie als Frau verkleidet hereinkommen zu sehen, und sie deutete den Blick, den ich auf sie warf, so, denn sie sagte sofort, ohne die geringste Verwirrung, als ob sie tatsächlich nichts an ihrer Kleidung bemerkte , das eine Entschuldigung von ihr verlangte: „Ich muss meine Matrosenkleidung behalten, bis das schöne Wetter kommt. Wie sollte ich mich in einem Abendkleid an Deck bewegen können?"

„Helga", rief ihr Vater, „Mr. Tregarthen ist der einzige Sohn seiner Mutter und sie wartet auf seine Rückkehr."

Augenblicklich erschien ein Ausdruck wunderbaren Mitgefühls in ihren sanften Augen. Ihr Blick senkte sich und sie blieb einige Augenblicke stumm; das Lampenlicht schien auf ihr zerzaustes Haar und mir fehlen die Worte, um Ihnen den süßen, traurigen Ausdruck ihres blassen Gesichts zu zeigen, als sie dicht an der Tür stand, still und nach unten blickend.

„Ich habe mein Wort gehalten, Mr. Tregarthen", sagte sie plötzlich. „Jetzt halten Sie Ihres und ruhen sich aus. Unten ist die Hütte meines Vaters."

Ich unterbrach sie: „Nein. Wenn es Ihnen recht ist, werde ich mich in einen der Spinde im Deckshaus legen."

„Das Bett wird hart", sagte sie.

„Für mich nicht zu schwer", sagte ich.

„Gut, Sie werden sich auf einen dieser Schränke legen, und es wird Ihnen auch bequem sein." Und während sie das sagte, ging sie wieder hinaus und kam kurz darauf mit einigen Decken und einem Nackenkissen zurück. Diese legte sie auf den Leeschrank, und ein oder zwei Minuten später hatte ich dem armen Kapitän die Hand geschüttelt und mich auf die Decken gelegt, wo ich lag, dem Donnern des Sturms lauschte und den wilden Bewegungen der Barke folgte und darüber nachdachte, was geschehen war, seit mich der Ruf nach dem Rettungsboot aus meinem gemütlichen Kamin in diese schwarze, schäumende und tosende Nacht gerufen hatte.

Es dauerte jedoch nicht lange, bis ich einschlief. Ich hatte in meinem Leben schon einige Erfahrungen mit Rettungsbooten gemacht, aber noch nie war die Natur so erschöpft von mir. Das Tosen des Sturms, das Beschießen des Deckshauses durch unaufhörliche schwere Wasserschauer , die extravaganten Bewegungen des stürzenden und rollenden Schiffes hätten das Schlaflied einer Mutter sein können, die neben einer sanft geschaukelten Wiege gesungen wird, so tief war der Schlaf, den diese Donnergeräusche ungestört ließen.

Ich erwachte aus einem traumlosen, todesähnlichen Schlaf und öffnete meine Augen im Licht der kalten, steingrauen Morgendämmerung. Als ich augenblicklich wieder zu mir kam, sprang ich aus dem Schrank auf und hielt inne, um aus der Bewegung und dem Geräusch das Wetter abzuschätzen. Es wehte immer noch ein richtiger Sturm, und ich konnte nicht stehen, ohne mich am Tisch festzuhalten. Die Tür zum Deckshaus war geschlossen, und die Planken im Inneren waren trocken, obwohl ich das Wasser in den Gassen zwischen dem Deckshaus und der Bollwerkswand sprudeln und strömen hören konnte. Ich wollte durch eines der Fenster das Wetter beobachten, aber das Glas war überall blind vor Nässe.

In diesem Moment öffnete sich die Tür zur Kapitänskajüte und Helga trat heraus. Sie kam sofort auf mich zu und streckte mir beide Hände auf die herzlichste Art und Weise entgegen, die man sich vorstellen kann.

„Du hast gut geschlafen", rief sie. „Ich habe mich drei- oder viermal über dich gebeugt. Du bist jetzt bestimmt besser ausgeruht."

„Das bin ich tatsächlich!", sagte ich. „Und Sie?"

„Oh, ich werde bald schlafen. Woher bekommen wir heißes Wasser? Es ist unmöglich, das Feuer in der Kombüse anzuzünden. Aber eine Tasse heißen Tee oder Kaffee wäre doch sehr willkommen!"

„Waren Sie an Deck", sagte ich, „während ich schlief?"

„Oh ja, rein und raus", antwortete sie. „Bisher ist alles gut – ich meine, die *Anine* kämpft tapfer weiter. Die Dämmerung ist noch nicht lange angebrochen. Ich habe das Schiff noch nicht bei Tageslicht gesehen. Wir müssen den Brunnen ausloten, Mr. Tregarthen, bevor wir unser Fasten brechen – da fürchte ich", fügte sie hinzu und zeigte auf das Deck, womit sie den Laderaum bezeichnete.

Von ihrem Gesicht war nur wenig zu sehen. Sie trug eine Gummikappe in Form eines Südwesters, deren Krempe tief herunterfiel, während die Ohrenklappen aus Flanell ihre Wangen fast erstickten. Jetzt konnte ich jedoch sehen, dass ihre Augen dunkelblau waren, mit einem Geist des Lebens und sogar der Lebhaftigkeit in ihnen, der einen wunderbaren Triumph des Herzens über die Mattigkeit der Gestalt ausdrückte, die durch die herabhängenden Augenlider angedeutet wurde. Ein wenig von ihrem kurzen, blassgoldenen Haar war unter dem Haar des Südwesters zu sehen; ihr Gesicht war bleich. Aber ich konnte nicht auf den hübschen Mund, die perlenartigen Zähne, die sanften blauen Augen, die zart geformten Nasenlöcher schauen, ohne zu ahnen, dass dieses Mädchen in der Stunde der Blüte so hübsch aussehen würde wie das schönste Mädchen in Sahne und Rosen, das je aus Dänemark kam.

Wir betraten das Deck – in den Donner des Sturms und die fliegenden Gischtwolken hinein. Ich trug noch immer meine Öljacke und war darin so trocken wie damals, als wir das Haus verließen. Ich versichere Ihnen, dass ich den Komfort meiner hohen Seestiefel spürte, als ich auf dem Deck stand und mich eine Minute lang an der Hausfront festhielt, während das Wasser in einem kleinen Schaumrausch an meine Beine spritzte und mit dem *Wind* der Barke mit der Kraft eines Flusses, der über einen Damm tritt, nach Lee schwappte.

Unser erster Blick ging nach oben. Der Fockbrammast war am oberen Ende abgebrochen und hing mit seinen zwei Rahen an seiner Ausrüstung, was dem ganzen Stoff dort oben ein seltsam zerstörtes Aussehen verlieh, als er bei den stürmischen Bewegungen des Rumpfes schwang und die Spieren bis hinunter zum massiven Fuß des Fockmastes bei den stechenden Schlägen erzittern ließ. Auch die Klüver waren weg, und das war zweifellos durch das Wegreißen des Fockmastes geschehen; ansonsten war oben alles in Ordnung, vorausgesetzt natürlich, dass nichts gesprungen war. Aber das wilde, durchnässte, trostlose – das fast verstümmelte – Aussehen der Bark in der Tat ! Wie soll ich den Eindruck vermitteln, den die durchnässten dunklen Leinen aus Segeltuch, die auf die Rahen gerollt waren, die Enden der Taue, die wie die Wimpel eines Kriegsschiffs wehten, die gewölbte, glänzende Ausrüstung, die Decks, die vom unaufhörlichen Regen finster waren und düstere Blitze aussandten, als die dunkle Flut darauf von einer Seite zur anderen rollte! Das laufende Gut lag überall herum und arbeitete wie

Schlangen im Sog des Wassers; von Zeit zu Zeit traf die See den Bug und brach hoch oben in dampfähnlichen Massen aus, die gespenstisch vor dem bleiernen Himmel aufblitzten, der in Schichten finsteren Dunstes über uns hing, stellenweise dunkel wie Donner, aber scheinbar bewegungslos. Eine wütende atlantische See strömte; sie kam in schäumenden grünen Hügeln daher, die sich aus einem nahen Horizont formten, der dick mit Gischtstürmen bedeckt war. Aber da war die Regelmäßigkeit des unergründlichen Ozeans im Lauf der Brandung, so bergig sie auch war; und die Barke mit ihrem festgebundenen Ruder, von dem nicht ein einziger Fetzen des Fock-Stagsegels zu sehen war, dessen Kopf wir in der Nacht zuvor freigelegt hatten, stieg auf und sank mit dem Backbordbug in Richtung Meer mit der Regelmäßigkeit des Tickens einer Uhr.

Es war nichts zu sehen. Ich blickte mich eifrig auf dem Meer um, aber es war nur Dichte und Schaum und wilde Bewegung. Wir gingen nach achtern zum Kompass, um zu sehen, ob der Wind sich gedreht hatte und wie die Richtung der Bark war, und auch um den Zustand des Steuerrads zu beobachten, das man in der Dunkelheit nur durch Tasten feststellen konnte. Das Ruder war vollkommen in Ordnung und die Zurrgurte hielten tapfer. Ich konnte jetzt sehen, dass das Steuerrad klein und aus Messing war und dass es das Ruder mit Hilfe einer Schraube betätigte, und ich nehme an, dass es dieser Halt oder diese Hebelwirkung war, die dafür gesorgt hatte, dass ich die Bark beim Dahintreiben leicht steuern konnte. Der Sturm wehte aus Nordost, und das Schiff bewegte sich daher genau nach Südwesten, wobei es außerdem von einer bergigen See unterstützt wurde, die es quer vorwärts vom Land wegtrieb. Ich rief Helga zu, dass wir meiner Meinung nach mit Sicherheit nicht weniger als vier, vielleicht sogar fünf Meilen pro Stunde abdriften würden. Sie beobachtete das Meer eine Weile und nickte mir dann zu. Doch war es kaum möglich, dass sie die Geschwindigkeit des Vorankommens inmitten eines so wütenden Aufruhrs einschätzen konnte, während die mächtigen Wellen bis an die Reling der Schanzkleid heranschwammen und in riesigen, runden, sommersprossigen, grünlichen Rücken in Lee davonrauschten.

Sie war offensichtlich zu müde zum Reden, zu matt von den bitteren Sorgen und schlaflosen Stunden der langen Nacht, um ihre Stimme so zu erheben, dass sie in dem Donnern des Windes, der in orkanartigen Salven über die Seite zuckte, hörbar gewesen wäre; und auf die paar Sätze, die ich sagte oder vielmehr schrie, antwortete sie mit Nicken und Kopfschütteln. Unter den Gittern hinter dem Steuerrad befand sich ein Flaggenkasten, und sie öffnete die Kiste, nahm eine kleine dänische Flagge heraus, legte sie an die Fallen des Spiksignals , und gemeinsam setzten wir sie auf Halbmast, und da stand sie, hart und fest wie ein bemaltes Brett, ein weißes Kreuz auf rotem Grund, und das Rot ließ sie wie eine Feuerzunge vor dem Ruß des Himmels aussehen.

Nachdem wir das getan hatten, kehrten wir aufs Hauptdeck zurück, und Helga ließ die Pumpe ertönen. Sie machte sich mit der ganzen Sachkenntnis eines Gewürzsalzes an die Arbeit, trocknete die Rute sorgfältig ab und kreidete sie ein, und wartete dann, bis die Rollbewegung der Barke sie auf einen ebenen Kiel brachte, bevor sie sie fallen ließ. Ich beobachtete sie mit Erstaunen und Bewunderung. Bis jetzt wäre es mir unmöglich erschienen, dass eine sterbliche Frau das Zeug zu einer so flinken und erfahrenen Seefahrerin in sich haben könnte, wie ich sie vorfand, ohne dass ihr in Sprache, Gesicht und Blick trotz ihrer Jungenkleidung etwas von der Zärtlichkeit der Mädchenzeit verloren gegangen wäre. Sie untersuchte die Rute und blickte mich mit ernster Miene an.

„Nimmt das Wasser zu?", fragte ich.

„Es sind zwei Zoll mehr", antwortete sie, „als ich gestern Abend beim ersten Loten im Laderaum festgestellt habe. Wir sollten sie ein wenig freimachen."

„Ich bin bereit", rief ich aus. „Aber sind Sie zu einer solchen Arbeit fähig ? Ein paar Stunden dürften keinen großen Unterschied machen."

„Nein, nein!", unterbrach sie ihn mit einer Heftigkeit, die ihre Müdigkeit vertrieb. „Ein paar Stunden zu warten wäre zu lang", sagte sie und zog die Bremse, und wir machten uns wie zuvor an die Arbeit.

schuften musste, kann sich vorstellen, wie ermüdend das ist. Es gibt keine Arbeit an Bord, die einen schneller erschöpft. Es betrübte mich zutiefst, dass meine Partnerin bei dieser Plackerei ein Mädchen war, dessen natürliche Schwäche ihres Geschlechts durch das, was sie erlitten hatte und noch immer erlitt, noch verstärkt wurde; doch ihr lebhafter Blick verbot jeglichen Widerspruch. Sie schien kaum stehen zu können, als sie vor lauter Erschöpfung die Bremse losließ. Trotzdem zwang sie ihre schwachen Hände erneut, die Stange in den Schacht zu senken. Wir hatten das Wasser auf die Höhe gebracht, auf der wir es vorher verlassen hatten, und mit einem schwachen Lächeln des Glückwunsches machte sie eine Bewegung zum Deckshaus; doch ihr Gang war so taumelnd, und ihre Haltung, als sie losging, hatte einen solchen Anschein von Blindheit, dass ich sie am Arm packte und sie tatsächlich fast ins Haus trug.

Sie saß da und ruhte sich ein paar Minuten aus, schien aber nicht sprechen zu können. Ich beobachtete sie besorgt und mit einer gewissen Empörung darüber, dass ihr Vater, der behauptete, sie so sehr zu lieben, sich nicht zwischen sie und ihre Hingabe stellte und darauf bestand, dass sie sich ausruhte. Bald darauf stand sie auf und ging zu seiner Kabine, wobei sie mir mit Blicken bedeutete, ihr zu folgen.

KAPITEL VI.

KAPITÄN NIELSEN.

Kapitän Nielsen sah im kalten, grauen Eisenlicht, das durch die kleinen Fenster aus der spritzwasserverhangenen Luft drang, geradezu leichenhaft aus. Die unnatürliche Helligkeit seiner Augen betonte schmerzhaft sein schmales Gesicht und die kränkliche, pergamentartige Farbe seiner Haut. Er streckte die Hand aus, konnte aber kaum Zeit finden, ihn zu begrüßen, so sehr hatte er es eilig, den Bericht seiner Tochter entgegenzunehmen. Er schüttelte den Kopf, als er hörte, dass sein Brammast und seine Klüver zerstört waren, und schrie leidenschaftlich auf Dänisch, als seine Tochter ihm von der Zunahme des Wasserstandes im Laderaum erzählte.

„Sie muss es von unten aufnehmen", rief er dann auf Englisch. „Sie hat sich angestrengt. Was soll man tun, wenn das so weitergeht? Sie muss ständig gepumpt werden – und oh, mein Gott! Ihr seid erst zwei."

„Ja, Kapitän", rief ich, erzürnt darüber, dass er offenbar an nichts anderes als an sein Schiff dachte. „Aber wenn Sie nicht darauf bestehen, dass Ihre Tochter sich ein wenig ausruht, wird es nur eine Ruhepause geben, lange bevor dieser Sturm sich gelegt hat."

„Oh, meine Liebe, das ist so!", rief er aus und sah sie plötzlich mit leidenschaftlicher Besorgnis an. „Mr. Tregarthen hat recht. Sie werden unter Ihren Anstrengungen zusammenbrechen. Ihr liebes Herz wird brechen. Ruhen Sie sich jetzt aus – ruhen Sie sich aus, mein geliebtes Kind! Ich befehle Ihnen, sich auszuruhen! Sie müssen nach unten gehen: Sie müssen sich in Ihre eigene Kabine legen. Dieser gute Herr ist da – er wird bei mir sitzen und hinausgehen und Bericht erstatten. Die *Anine* kümmert sich um sich selbst, und es gibt keine menschliche Fähigkeit, ihr zu helfen, außer dem, was sie selbst tun kann."

„Aber wir dürfen nicht verhungern, Vater", antwortete sie. „Lass uns erst frühstücken, so gut wir können, und dann gehe ich nach unten."

Sie verließ die Hütte und kam sofort zurück. Sie brachte die Reste des kalten Fleisches mit, das wir verzehrt hatten, ein paar Kekse und eine Flasche Rotwein. Ihr Vater trank ein wenig Wein und aß ein Stück Kekse; tatsächlich schien Essen bei ihm Abneigung zu erregen. Ich sah, dass Helga ihn mitleidig ansah, aber sie drängte ihn nicht zum Essen: vielleicht hatte sie Erfahrung mit seiner Sturheit. Sie sagte leise beiseite zu mir: „Er hat keinen Appetit mehr, und wie kann ich ihn verführen, ohne etwas zu kochen? Sieht er heute Morgen nicht sehr krank aus?"

„Zu den rheumatischen Schmerzen kommen noch die Sorgen hinzu", sagte ich. „Wir müssen ihn so schnell wie möglich an Land bringen, wo er medizinisch versorgt werden kann."

Aber obwohl mir diese Worte aus meinem Mitgefühl mit dem armen, tapferen, leidenden Mädchen so leicht über die Lippen kamen, entsprachen sie ganz sicher nicht meinen geheimen Gefühlen. Ich war mir nicht nur sicher, dass Kapitän Nielsen sterbend in seiner Pritsche lag; das Tosen des Windes, das Schlagen der See gegen die Barke , die wilden, extravaganten Sprünge und Tauchgänge , die Wahrnehmung, dass Wasser in den Laderaum floss und dass wir nur zu zweit waren – und eine von diesen beiden ein Mädchen – um die Pumpen zu bedienen, ließen meine Erwähnung, dass der Kapitän an Land ging und dort gepflegt wurde, in meinem Herzen zur Farce werden.

Wir saßen in diesem schrägen und hüpfenden Innenraum mit Tellern auf unseren Knien. Das Mädchen tat so, als würde sie essen; ihr Kopf war vor Müdigkeit gesenkt, doch ich bemerkte, dass sie den Antworten auf die unaufhörlichen, fieberhaften Fragen ihres Vaters einen fröhlichen Ton beimaß. Als wir mit dem Essen fertig waren, verließ sie uns, um in ihre Kabine zu gehen; doch bevor sie ging, bat sie mich mit Augen voller zärtlicher Bitte, ihrem Vater Mut zu machen und das Beste aus den Berichten zu machen, die ich ihm geben könnte, wenn ich hinausgegangen wäre, um mich umzusehen; und sie sagte mir, dass er seine Medizin zu dieser und jener Zeit brauchen würde, und so verweilte sie, verweilte bei ihm und blickte ihn an; und dann ging sie eilig hinaus, eine Hand auf ihrer Brust, doch nicht so schnell, dass ich nicht sehen konnte, dass ihre Augen schwammen.

„In der Kabine gibt es ein Barometer", sagte Kapitän Nielsen. „Wollen Sie mir sagen, wie das Quecksilber steht?"

Das Glas war außen an der Trennwand befestigt. Ich kam zurück und gab ihm den Messwert durch.

„Das ist ein kleiner Anstieg!", rief er und musterte mich mit seinen unnatürlich leuchtenden Augen begierig.

Ich wollte ihm nicht sagen, dass das nicht stimmte – dass das Quecksilber tatsächlich auf dem Stand stand, den ich am Vortag in meinem Fernglas im Rettungsboothaus beobachtet hatte.

„Solches raues Wetter", sagte ich, „erschöpft sich schnell."

Er starrte mich noch immer an, nun jedoch mit einem nachdenklichen Gesichtsausdruck, der die schmerzhafte, strahlende Intensität seines Blickes etwas milderte.

„Ich bete zu Gott", sagte er, „dass uns dieses Wetter schnell Hilfe bringen möge, denn ich fürchte, wenn ich nicht behandelt werde , werde ich sehr krank werden und vielleicht sterben. Ich bin krank – aber was ist mein Leiden? Dieser Rheumatismus ist ein plötzlicher Anfall. In Cuxhaven konnte ich laufen."

Mit der fröhlichsten Stimme, die ich aufbringen konnte, bat ich ihn, zu bedenken, dass die körperlichen Empfindungen, die ihm Unwohlsein bereiteten, möglicherweise viel mit seiner Psyche zu tun hatten.

„Es mag sein, es mag sein", rief er mit einem traurigen Lächeln schwindender Hoffnung. „Ich möchte leben. Ich bin kein alter Mann. Es wird hart, wenn meine Zeit bald kommt. Es ist Helga – es ist Helga", murmelte er und drückte seine dünne Hand an die Stirn. Ich wollte gerade sprechen. „Wie ermüdend", brach er aus, „ist dieses unaufhörliche Hin- und Herwerfen! Ich bin zur See geflohen; es war meine eigene Schuld. Ich hatte meine kindlichen Träume – seltsame und schöne Vorstellungen von fremden Ländern – und ich bin geflohen", fuhr er in einem wirren Ton fort, als würde er laut nachdenken. „Und doch liebe ich den alten Ozean, obwohl er mir jetzt grausam dient. Er hat mich genährt – er hat mich an seine Brust gedrückt – und meine Nahrung und mein Leben sind von ihm gekommen." Er erschrak, und während er seinen Blick vom Oberdeck abwandte, auf das er während dieser Worte geheftet war, rief er: „Sir, Sie sind mir fremd, aber Sie sind ein Engländer mit heldenhaftem Herzen, und Sie werden mir vergeben. Sollte ich sterben und sollte es Gott gefallen, Sie und mein Kind zu verschonen, werden Sie sie dann beschützen, bis sie sicher zu ihren Freunden nach Kolding zurückgekehrt ist? Bis sie dort ist, wird sie in jedem Teil der Welt allein sein, und wenn ich sicher bin, dass sie das großzügige Mitgefühl Ihres Herzens bei sich haben wird, einen Beschützer, der meinen Platz einnimmt, bis sie Kolding erreicht, wird mir das mein Ende erleichtern, mag der Schlag kommen, wann er will."

„Ich bin auf dieses Schiff gekommen, um Ihr Leben zu retten", antwortete ich. „Ich hoffe, dass ich noch ein Werkzeug sein kann, um Ihr Leben zu retten. Vertrauen Sie darauf, dass ich Ihren Befehlen gehorche, und sei es nur, weil ich die heroischen Eigenschaften Ihrer Tochter bewundere. Aber sprechen Sie nicht vom Sterben, Kapitän Nielsen –"

Er unterbrach mich. „Da ist mein lieber Freund, Pastor Blicker aus Kolding, und da ist Pastor Jansen aus Skandrup. Sie sind gute und sanfte Christen, die Helga empfangen, ihr beistehen, sie beruhigen und ihr Ratschläge geben werden, was mein kleines Eigentum betrifft – ach, mein kleines Eigentum!", rief er. „Wenn dieses Schiff untergeht, was habe ich dann?"

„Bitte", sagte ich, um ihn in aller Ruhe in eine heiterere Stimmung zu bringen, „was fehlt Ihnen denn so sehr, Captain, dass Sie da liegen und Ihren Tod befürchten? So ein Rheumatismus wie Ihrer führt nicht gerade schnell zum Tod.“

„Ich war in Westindien lange Zeit an einem gefährlichen Fieber erkrankt“, antwortete er, „und ein lebenswichtiges Organ wurde dadurch geschwächt. Ich fürchte, das Unheil ist hier“, sagte er und berührte seine rechte Seite oberhalb der Hüfte. „In Cuxhaven fühlte ich mich sehr krank, aber diese Reise musste gemacht werden. Ich bin ein zu armer Mann, um meine Gesundheit aufs Spiel zu setzen und das Geld dafür zu verlieren. Horch! Was war das?“

Er beugte seinen Kopf über das Feldbett und strengte sein Gehör mit nervösem Flattern seiner ausgemergelten Finger an. Es war schrecklich zu sehen, wie weiß sich die Haut seiner eingefallenen Wangen gegen die weiße Leinwand seines Feldbetts abhob.

„Ich habe nichts gehört“, antwortete ich.

„Es war das Geräusch eines Schlags“, rief er aus. „Bitte gehen Sie hin und sehen Sie nach, ob etwas nicht stimmt“, fügte er hinzu. Er sprach aus seiner Gewohnheit heraus, Befehle zu erteilen, und mit einer gebieterischen Art, die mir ein Lächeln entlockte, als ich zur Tür ging.

Ich ging durch das Haus auf das Deck und sah mich um, doch es bot sich mir derselbe Anblick, den ich schon einmal gesehen hatte: dasselbe Donnern und Heulen des Windes, dieselbe Schaumkrone auf dem vorderen Teil der Bark , dasselbe klägliche, trostlose Bild von Wasser, das von Schanzkleid zu Schanzkleid blitzte, von hohen, grün schäumenden Wellen, die sich über die Reling türmten, während das Schiff in einer Woge brodelnder Hefe in die Wellenmulde schwang.

Ich erblickte einen langen Hühnerstall hinter dem Gebäude, in dem die Seeleute gelebt hatten. Zwischen einigen Gitterstäben schimmerte ein roter Hahnenkamm. Da ich vermutete, dass die elenden Insassen inzwischen dringend Nahrung und Wasser brauchten, ging ich sehr vorsichtig zum Stall und hielt mich bei jedem Schritt irgendwo fest. Der Stall war tatsächlich voller Geflügel, aber alles lag ertrunken da.

Ich kehrte zum Deckshaus zurück und stieg darauf, von wo aus ich einen guten Blick auf den Ozean hatte und auch nicht in der Nässe war, die auf dem Hauptdeck manchmal mit so viel Gewicht rollte, dass sie einen Mann umgehauen hätte. Das Dach des Hauses, wenn ich es so nennen darf, befand sich über der Reling und die ganze Wut des Sturms fegte darüber hinweg. Ich hätte nie die orkanartige Stärke des Windes erraten können, wenn ich auf dem Deck darunter stand. Es war unmöglich, ihm standzuhalten; wenn ich nur einen Augenblick nach Luv blickte, schienen mir die Augen in den Kopf geblasen zu werden.

Ich hatte diese Höhe noch nicht länger als eine Minute erreicht, als ich oben ein scharfes Rasseln hörte, und als ich nach oben sah, bemerkte ich, dass das Großsegel losgeflogen war. Ein oder zwei Atemzüge lang machte es das Rasselgeräusch, das meine Aufmerksamkeit darauf gelenkt hatte, dann wurde sein ganzer blasenartiger Körper blitzschnell von der Rah weggefegt, und nichts blieb übrig außer ein oder zwei Peitschen, die wie weißes Haar geradewegs aus der Spiere strömten. Einen Moment später wurde das Großsegel der Bram , das zweifellos hastig und schlecht aufgerollt worden war, aus den Dichtungen geblasen. Ich glaubte, es wie das Großsegel losgehen zu sehen, aber während ich zusah und darauf wartete, wie die Lumpen davon in die leeseitige Düsternis des Himmels hinabflogen, brach der Mast an der Kappe ab, als das Segel platzte und wie ein Nebelschwaden verschwand, und die ganze Masse des Korbes fiel bis knapp unter das Stag herab, unter dem es, von seiner Ausrüstung gehalten, wild schaukelte.

Diese Katastrophe, so unbedeutend sie auch war, verlieh dem ganzen Gebäude ein höchst melancholisches, zerstörtes Aussehen. Sie berührte mich auf eine Weise, die ich bei jemandem, der so viel über das Meer und Schiffbrüche wusste wie ich, nicht für möglich gehalten hätte. Sie kam mir wie ein Omen der nahenden Auflösung vor. „Was, in Gottes Namen, kann uns retten?", dachte ich, als ich meinen Blick von den beiden zerbrochenen Masten abwandte, die hoch oben unter den rauchfarbenen, kompakten, scheinbar reglosen Dampfhaufen schwangen und spießten, die sich von Meereslinie zu Meereslinie erstreckten. „Was, das von sterblichen Händen zusammengefügt wurde, kann diesem unaufhörlichen, gewaltigen Schlagen weiterhin standhalten?" und während ich so dachte, schlug das Schiff mit einem wilden Schwung seines Buges gegen eine riesige Brandung, die seitlich auf es zurollte, und eine ganze grüne See brach tosend über das Vorschiff herein, ließ jedes Holz seines Rumpfes in vulkanischer Erschütterung erzittern und versenkte das Vorderteil vollständig in weißen Wassern, aus denen es mit zwanzig Katarakten in Rauch aufstieg, die von seinen Seiten aufstiegen.

Ich suchte nach der Flagge, die Helga und ich kurz zuvor auf Halbmast gesetzt hatten; sie war so vollständig zwischen ihren Knebeln verschwunden, als ob die Flagge mit einem Messer aufgerissen worden wäre. Als ich mich gerade zur Leiter schleppte, um nach unten zu gehen, erspähte ich eine Art Fleck, der aus der eisenfarbenen Dicke hinter dem Kopf eines großen Meeres hervorquoll, dessen gewölbter Gipfel wie ein schneebedeckter Hügel aussah. Ich duckte mich, um mich zu stabilisieren, und plötzlich nahm das, was ich zunächst für einen dunklen Wolkenschatten am nahen Horizont gehalten hatte, die Ausmaße eines großen Schiffes an, das unter einem schmalen Streifen Großmarssegel direkt vor dem Sturm davonlief.

Sie war auf dem Weg, unter unserem Heck hindurchzufahren, und zog schnell heraus, und in wenigen Minuten war sie klar – sauber und hell wie ein neues Gemälde vor dem Hintergrund des Schattens, an dessen schmuddeligem, nebligem Grund die Meereslinie in flackernden grünen Höhen entlangschwappte. Sie war eine große Dampffregatte, eindeutig eine Ausländerin, denn ich weiß nicht, ob unser Land zu dieser Zeit ein Schiff dieser Art auf See hatte. Sie hatte ein weißes Band, das von Luken unterbrochen wurde, und die schwarzen und glänzenden Verteidigungen ihrer Bollwerke waren mit verstauten Hängematten gekrönt. Ihre Brammasten waren eingelassen, und die großen Salingen und riesigen schwarzen Spitzen und die weiten Wanten verliehen ihr von oben das Aussehen eines wunderbar schweren, massiven Kriegsschiffs. Das Band des eng gerefften Großmarssegels hatte den Glanz von Schaum, als es majestätisch von einer Meereslinie zur anderen schwang und langsam mit einem edlen und feierlichen Bewegungsrhythmus über den dunklen und sich neigenden Himmel wiegte. Ich hätte mir nie einen Anblick vorstellen können, der meinen Blick mehr fesseln würde. Immer tief geduckt beobachtete ich sie im Schutz meiner Hände, die ich auf die Stirn legte. Ich sah nichts Lebendiges an Bord. Sie kam daher, als ob sie von einem eigenen Geist und einer eigenen Herrschaft geleitet würde. Als ihr großer Bug bis zur Galionsfigur sank, entstand ein prächtiges Brodeln, eine berghohe Schaumwolke auf beiden Bugen, und das Brüllen der aufgewühlten See schien dem Sturm einen tieferen Donnerton zu verleihen. Alles war an Bord straff gespannt – jedes Seil wie eine gespannte Leine – in der Tat anders als unser zerrissenes, zerstörtes und schleppendes Aussehen von oben! Sie rauschte in einer Viertelmeile Entfernung an uns vorbei, und welche Feder könnte die unglaubliche Kraft beschreiben, die dieses große Gewebe ausstrahlte, als sich ihr Heck in die Wellen der enormen atlantischen Brandung hob und das ganze Schiff auf dem schleudernden Schaum des Meeres mit einer elektrischen Geschwindigkeit vorwärts raste, die einem das Herz bis zum Hals schlug.

Innerhalb weniger Minuten war sie wieder nur ein kleiner Fleck – diesmal in Lee. Ich konnte sie nur anstarren. Unsere Flagge war weggeweht, ich hatte keine Macht, Signale zu senden, und selbst wenn ich unsere Notlage hätte mitteilen können, welche Hilfe hätte sie uns bieten können? Was hätte sie in einer See wie der, die jetzt brodelte, für uns tun können? Doch ihr bloßer Anblick hatte mich ermutigt. Sie gab mir das Gefühl, dass es in einem Ozean, der so von Kielen durchpflügt wird wie der Atlantik, niemals an Hilfe mangeln könnte.

Ich kroch auf das Achterdeck hinunter und kehrte in die Kapitänskajüte zurück . Der arme Mann begann mich sofort mit fieberhaftem Eifer auszufragen. Ich sagte ihm ehrlich, dass der Groß- Brammmast weggeschwemmt worden sei, während ich an Deck war, aber dass ich sonst nichts erkennen konnte; dass die Bark noch immer tapfer kämpfte, obwohl die See manchmal sehr heftig und gefährlich über das Vorschiff brach.

Er schüttelte kummervoll den Kopf und rief: „So ist es! So ist es! Ein Kampf nach dem anderen, und so mögen wir zugrunde gehen!"

Ich erzählte ihm von der großen Dampffregatte, die vorbeigefahren war, aber dieser Neuigkeit lauschte er mit leerem Blick und konnte anscheinend an nichts anderes als seine Spieren denken. Er fragte auf kindliche, gereizte Art, wie lange Helga unten gewesen sei, und ich antwortete ihm energisch: „Nicht annähernd lange genug zum Schlafen."

„Ja", rief er, „aber die Barke muss gepumpt werden, Sir."

„Ihre Tochter wird besser arbeiten können, wenn sie sich ausruht", sagte ich. Und als ich dann auf die Uhr sah, stellte ich fest, dass es Zeit war, ihm sein Arzneimittel zu verabreichen.

Er rief aus und sah auf das Weinglas: „Dieses Zeug hat keine Wirkung! Der Leidende kann nur einen Nutzen daraus ziehen." Und er behielt immer noch seine seltsam kindliche Art bei, leerte den Inhalt des Glases über die Kante seines Feldbetts auf das Deck und schaute lächelnd zu, während er schaukelte. Ich vermutete, dass Einwände fruchtlos sein würden, und da ich selbst kaum Vertrauen in irgendeine Art von Medizin hatte, applaudierte ich ihm insgeheim für sein Verhalten .

Ich setzte mich auf den Spind, lehnte mich mit dem Rücken an die Schottwand und versuchte , ihm durch Gespräche ein fröhliches Aussehen zu verleihen, doch seine Niedergeschlagenheit ließ sich nicht überwinden. Manchmal redete er ein wenig schwafelnd, zitierte Passagen aus dänischen Theaterstücken in seiner Muttersprache, hielt dann inne und legte den Kopf schief, als warte er darauf, dass ich etwas applaudiere, was ich, wie er vergessen hatte, nicht verstanden hatte.

„Wie schön ist das von ‚Palnatoke'!", rief er, oder: „Hören Sie sich das von der edlen Darbietung ‚Hacon Yarl' an! Ach, nur England kann es mit Oehlenschläger aufnehmen ."

Ich konnte ihm nur stumm zuschauen. Dann riss er sich los, um erneut über seine Spieren zu jammern und zu schreien, dass Helga ohne einen Pfennig dastehen und ein armes Bettlermädchen sein würde, wenn sein Schiff unterginge.

„Aber ist *Anine nicht* versichert?" sagte ich.

„Ja", antwortete er, „aber nicht von mir. Ich musste Geld auf sie leihen, und sie ist bei dem Mann versichert, der mir das Geld geliehen hat."

„Aber Sie haben ein Interesse an der Ladung, Kapitän Nielsen?"

„Ja", rief er, „und das habe ich versichert; aber was wird es meiner armen kleinen Helga wert sein?" Und er verbarg sein Gesicht in seinen Händen und wiegte sich hin und her.

Doch dann wurde er etwas ruhiger und sicherlich vernünftiger, und nach einer Weile sprach ich über Tintrenale , mein Zuhause und meine Bekanntschaften, meine Rettungsbootausflüge und dergleichen. Dann unterhielten wir uns über die Vorgehensweise, die wir einschlagen sollten, falls das Wetter sich bessern und wir noch über Wasser blieben. „Ohne die Hilfe eines vorbeifahrenden Schiffes könnten wir nichts ausrichten", sagte er, im Sinne von ein paar Matrosen, die die Barke bedienten ; oder es käme ein Dampfer vorbei, der bereit wäre, uns in Schlepp zu nehmen.

„Das Land's End kann nicht weit sein", sagte er.

„Nein", sagte ich, „nicht, wenn der Sturm heute nachlässt. Aber wenn er weiterweht, wird er weit genug entfernt sein."

Er erkundigte sich nach meiner Meinung, was die Drift sei, und berechnete dann, dass die englische Küste jetzt etwa sechzig Meilen entfernt in Ostnordostrichtung verlaufen würde. „Lass den Wind drehen", rief er mit einem Glitzern in seinen eingefallenen Augen, „und du und Helga, ihr werdet die *Anine* noch vor Mitternacht im Kanal haben."

Wir redeten in diesem Tonfall weiter, und er schien das Elend unserer Lage zu vergessen. Dann rief er plötzlich, um zu erfahren, wie spät es sei, und unterbrach sein Gespräch abrupt.

„Kurz vor elf", sagte ich.

„Das geht nicht!", rief er. „Während wir reden, füllt sich das Boot unter unseren Füßen. Der Brunnen muss geleert werden. Helga muss gerufen werden. Ich flehe dich an, ruf Helga", wiederholte er nervös und schlug mit der geballten Hand auf die Seite seines Feldbetts. „Ach, Gott!", fügte er hinzu, „dass ich mich nicht mehr bewegen kann!"

„Ich werde den Brunnen sondieren", sagte ich. „Sollte ich einen Anstieg feststellen, werde ich Ihre Tochter wecken."

„Gehen Sie, ich bitte Sie!", rief er mit hoher Stimme. „Die Barke kommt mir durchnässt vor. Sie hebt und senkt sich nicht mehr so wie vorher."

Ich vermutete, dass das nur Einbildung war, aber allein die Vorstellung, dass so etwas wahr sein könnte, machte mir Angst, und ich ging hastig hinaus. Ich trocknete die Angel ab und bekreidete sie, wie Helga es getan hatte, und ließ sie, um meine Chance zu nutzen, fallen. Dabei stellte ich fest, dass das Wasser fünf Zoll höher war als der Pegel, den wir bei unserem letzten Besuch an der

Pumpe im Laderaum hinterlassen hatten. Ich war sehr erschrocken, und um sicherzugehen, dass mein erster Wurf richtig war, lotete ich ein zweites Mal, und tatsächlich zeigte die Angel fünf Zoll an, wie zuvor. Ich beeilte mich, dem Kapitän die Neuigkeiten mitzuteilen .

„Ich wusste es! Ich fürchtete es!", rief er, und seine Stimme war schrill vor Ekstase aus Eile, Angst und Hilflosigkeit, die in ihm vorging. „Ruf Helga! – verliere keine Sekunde – lauf, ich bitte dich, lauf!"

„Aber wohin laufen?", rief ich. „Wo schläft das Mädchen?"

„Gehen Sie die Luke im Deckshaus hinunter", rief er mit schriller Stimme, als wolle er in diesem Moment all seinen letzten, noch verbliebenen Lebensretter einsetzen. „Unter diesem Deck gibt es vier Kabinen. Ihre ist die hinterste an Steuerbord. Zögern Sie nicht! Wenn sie nicht sofort antwortet, gehen Sie hinein und wecken Sie sie." Und als ich aus der Kabine raste , hörte ich ihn schreien, er wisse an den Bewegungen des Schiffes, dass es sich schnell fülle und plötzlich wie Blei untergehen würde.

Es war eine schwarze, quadratische Luke, in die ich einen Moment lang hineinschaute, bevor ich meine Beine darüberlegte. Eine kurze Reihe fast senkrechter Stufen führte zum Unterdeck. Als ich hinabstieg, fand ich es so dunkel, dass ich anhalten musste, bis sich meine Augen an die Dunkelheit gewöhnt hatten. Hier unten herrschte ein unangenehmer Geruch nach Ladung und ein so herzzerreißender Lärm von gespannten Balken, knarrenden Schotten, dem Aufprall der Wellen und dem gedämpften, sehnsüchtigen Brüllen der riesigen Wassermassen, die unter dem Schiff hindurchfegten, dass ich eine Weile wie völlig verwirrt dastand.

Bald jedoch gelang es mir, Umrisse zu erkennen, und mit ausgestreckten Händen und vorsichtigen Beinen begab ich mich zu der Kabine, die Kapitän Nielsen mir gezeigt hatte, und klopfte an die Tür. Es kam keine Antwort. Ich klopfte erneut und lauschte, dachte dabei kaum daran, dass das Mädchen eine Stimme so scharf wie die Pfeife eines Bootsmanns brauchte, um den seelenverwirrenden und hirnverwirrenden Lärm auf diesem Achterdeck der sturmgepeitschten Barke zu überstehen . „Er hat mich hereingebeten", dachte ich, „und ich muss hinein, wenn das Mädchen geweckt werden soll", und ich drehte die Türklinke und ging hinein.

Helga lag, so gekleidet wie sie das Deck verlassen hatte, in einer oberen Koje, durch deren Bullauge das Tageslicht, hell vom Schaum, auf ihr Gesicht fiel und wieder verschwand, als das Schiff das dicke Glas der Luke einmal in der grünen Blindheit des Meeres vergrub und es dann weinend und glänzend in die Luft hob. Ihr Kopf lag auf ihrem Arm gebettet; ihr Haar sah im schwachen Licht aus, als ob es von einem trüben Sonnenstrahl berührt worden wäre. Ihre Augen waren geschlossen – ihre langen Wimpern warfen einen zarten Schatten darunter; ihr weißes Gesicht trug einen süßen Ausdruck glücklicher Gelassenheit, und ich konnte glauben, dass sie eine freudige Vision hatte. Ihre Lippen waren zu einem Lächeln geöffnet.

Ich hatte das Gefühl, dass diese Störung gottlos war und dass es ein Unrecht war, sie aus einem friedlichen, angenehmen und überaus wichtigen Schlaf zu wecken, damit sie sich den bitteren Strapazen und Nöten dieser stürmischen Zeit stellen konnte. Aber für mein einzelnes Paar Arme war der Pump zu viel und sie musste geweckt werden. Ich legte leicht meine Hand auf ihre und ihr Lächeln wurde sofort deutlicher, als ob meine Handlung mit einer Phase ihres Traums zusammenfiel. Ich drückte ihre Hand; sie seufzte tief, sah mich an und setzte sich sofort mit einem leichten Stirnrunzeln der Verwirrung auf.

„Ihr Vater hat mich gebeten, hereinzukommen und Sie aufzuwecken", sagte ich. „Ich konnte Sie durch Klopfen nicht hören lassen. Ich habe den Brunnen gelotst und er ist fünf Zoll tiefer geworden."

„Ah!", rief sie und sprang leichtfüßig aus ihrer Koje.

Schweigend und mit erstaunlicher Eile – da sie noch wenige Sekunden zuvor in einen tiefen Schlaf verfallen war – setzte sie ihren Seehelm auf, wickelte sich ein Taschentuch um den Hals und ging auf schwimmenden Füßen voran zur Luke.

Als ich das Deck erreichte, stellte ich fest, dass das Schiff während meiner Abwesenheit noch mehr wie ein Wrack aussah, da das Focksegel in Fetzen zerfetzt worden war. Es war ein einzelnes Segel, und die wenigen langen Streifen, die noch waagerecht von den Rahen herabwehten, steif wie Brechstangen, verliehen dem Gewebe einen unbeschreiblichen Anschein von Verlorenheit. Helga blickte nach oben und bemerkte sofort, dass der Großtoppmast zerstört worden war, sagte aber nichts, und eine Minute später waren wir beide eifrig an der Arbeit.

Ich ließ die Bremse erst los, als mein Begleiter zu erschöpft war, um weiterzufahren. Doch als wir jetzt den Brunnen loteten, stellten wir fest, dass unsere Bemühungen den Wasserstand nicht im gleichen Maße verringert hatten wie zuvor. Es war jedoch unmöglich, sich außerhalb des Schutzes zu unterhalten. Darüber hinaus war das Ausgesetztsein an Deck mit einer neuen Gefahr verbunden. Denn zusätzlich zu dem wilden Rauschen der grünen See vorn und den unbeschreiblich heftigen Bewegungen der Barke , die uns den Kopf oder die Glieder zu brechen drohte und uns verletzt und gefühllos gegen die Schanzkleider schleuderte, wenn wir für einen Moment unseren Halt an dem, was uns am nächsten war, lockerten, bestand jetzt die tödliche Bedrohung durch den Brammast mit seinem Gewicht von Rahen, der wild über unseren Köpfen schwang und schlug und dort an den dünnen Fasern seiner Takelage festhielt, die jeden Moment reißen und die ganze Masse fallen lassen konnte.

Wir betraten das Deckshaus und blieben einen Moment in der relativen Stille und Starrheit stehen, um ein paar Worte zu wechseln.

„Das Wasser dringt näher an das Schiff heran, Mr. Tregarthen", sagte Helga.

„Ich fürchte ja", antwortete ich.

„Wenn der Druck so hoch wird, dass die Pumpen ihn nicht mehr kontrollieren können, was ist dann zu tun?", fragte sie. „Wir haben keine Boote mehr."

„Was *soll* man machen?", rief ich. „Wir müssen einen verzweifelten Kampf ums Überleben führen – uns irgendetwas aus dem Hühnerstall zusammenzimmern, Ersatzbäume besorgen – was immer wir finden können."

„Welche Chance – welche Chance haben wir in einem Meer wie diesem?", rief sie aus, faltete die Hände und blickte mit vor Erregung großen Augen zu mir auf, obwohl ich in dem Glanz ihrer Augen oder in der Bewegung ihres blassen Gesichts nichts von Angst erkennen konnte.

Ich wusste nichts zu erwidern. Es war sogar so, als würde uns der Wahnsinn überkommen, wenn wir von einem Floß *redeten* , während wir das tosende Meer draußen in den Ohren hatten.

„Und dann ist da noch mein Vater", fuhr sie fort, „hilflos – unfähig, sich zu bewegen – wie soll er gerettet werden? Ich würde mein Leben verlieren, um seines zu retten. Aber was soll getan werden, wenn dieser Sturm anhält?"

„Seine Erfahrung dürfte uns von Nutzen sein", sagte ich. „Lass uns hingehen und mit ihm reden."

Sie öffnete die Tür der Koje, blieb stehen, starrte eine Minute lang und drehte sich dann mit dem Zeigefinger auf der Lippe zu mir um. Ich spähte und sah, dass der arme Mann fest schlief. Ich glaubte zuerst, er sei tot, so still lag er da, so entspannt war sein Gesicht, so weiß auch; aber nachdem ich einen Moment zugesehen hatte, erspähte ich, wie sich seine Brust hob und senkte. Helga kam näher und blieb stehen und betrachtete ihn. Ein seltsamer und bewegender Anblick war dieses Schaukelbett – die Offenbarung des totenähnlichen Kopfes darin, die schwankende jungenhafte Gestalt der Tochter, die mit Augen voller Liebe, Mitleid und Kummer auf das schlafende, hagere Gesicht blickte, als es kam und ging.

Sie setzte sich neben mich. „Ich werde ihn bald verlieren", sagte sie. „Aber was bringt ihn um? Gestern war er weiß und krank, aber nicht so krank wie jetzt."

Es wäre müßig gewesen, zu versuchen, sie irgendwie zu ermutigen. Die Wahrheit war ihr ebenso klar wie mir. Ich konnte nichts Besseres sagen, als dass der Sturm plötzlich aufhören könnte, dass uns vor kurzem eine große Dampffregatte passiert hatte, dass bei gemäßigtem Wetter mit Sicherheit ein Schiff in Sicht kommen würde und dass wir uns inzwischen darauf konzentrieren müssten, das Schiff über Wasser zu halten. Von dem Floß konnte ich nicht mehr reden; es genügte, das widerwärtige Hin und Her des Schiffes unter uns zu spüren, um den Gedanken an *dieses* Heilmittel für unsere Lage schrecklich und hoffnungslos erscheinen zu lassen.

Die Zeit verging langsam. Es war fast ein Uhr. Ich ging an Deck, um das Ruder zu untersuchen und das Wetter einzuschätzen; dann lotete ich den Brunnen, fand aber keine nennenswerte Zunahme des Wassers. Die Barke rollte jedoch so heftig, dass es fast unmöglich war, richtig zu werfen. Bevor ich wieder ins Haus ging, warf ich aus dem Schutz der Luvwand einen Blick umher , um zu sehen, welche Materialien für ein Floß zu besorgen waren, falls das Wetter es uns erlaubte, so etwas zu Wasser zu lassen, und die Barke trotz unserer Mühen unterging. Auf dem Deckshaus und der Kombüse der Seeleute waren eine Reihe Ersatzbäume festgebunden, und diese, zusammen mit dem Hühnerstall und den Lukendeckeln und den kleinen Fässern oder Luken, aus denen die Männer tranken, würden uns mit dem versorgen, was wir brauchten. Aber der Gedanke an den Tod selbst war für mich nicht so schrecklich wie die Aussicht, die mir diese Vorstellung eines Floßes eröffnete. Ich hing geduckt im Windschatten der hohen Reling, kaute auf meiner Lippe, während mir ein Gedanke nach dem anderen durch den Kopf ging, und grub meine Fingernägel in meine Handflächen. Wie plötzlich das alles war! Gestern um diese Zeit sicher an Land zu sein, ohne die leiseste Vorstellung davon zu haben, was kommen würde – die Qualen meiner armen alten Mutter – der Untergang, woran ich nicht zweifelte, meiner tapferen Kameraden im Rettungsboot – dann dieses Schiff, das langsam Wasser einsog, langsam versank und so verdammt war, als läge der Fluch der Hölle auf ihm, wenn der Sturm nicht nachließe und Hilfe käme!

Ich konnte es nicht ertragen. Ich sprang auf, mit einem Gefühl des Wahnsinns in mir, mit einem wilden und schrecklichen Verlangen in mir, mir selbst Gnade zu erweisen, indem ich in die weite Flut der brodelnden Wasser eintauchte und die wahnwitzigen Einfälle meines Gehirns zum Schweigen brachte, die von der Reling der Barke heraufströmten , als sie sich in diesem Augenblick bis zu ihren Seitenenden in das tosende Wellental neigte. Es war eine Art Hysterie, die nicht anhielt; doch hätte ich in ihrem raschen Vorübergehen vielleicht die Versuchung und die Zeit gefunden, mich selbst zu zerstören, wenn nicht Gottes Hand auf mir gelegen hätte, wie ich zu glauben wähle und wofür ich immer dankbar bin.

KAPITEL VII.

DAS FLOSS.

Wie der Rest dieses ersten Tages meines wilden und gefährlichen Abenteuers, Helgas und mein erster Tag voller Leiden, Gefahren und romantischer Erlebnisse verlief, kann ich mich nicht mehr genau erinnern. Nur ein paar Eindrücke sind erhalten geblieben. Ich weiß noch, wie ich zum Deckshaus zurückkehrte und den Kapitän noch schlafend vorfand. Ich erinnere mich an mein Gespräch mit Helga, die mir beim Eintreten sehr ernst ins Gesicht sah und mich durch einen undefinierbaren Einfluss ihrer Stimme und ihres Blicks dazu brachte, von meinem Grauenanfall an Deck zu sprechen. Ich weiß noch, dass sie mich verließ, um etwas zu essen zu holen, das anscheinend in einer der Kabinen unten aufbewahrt wurde, und dass sie mit einer Dose Konserven, einem kleinen Glas Marmelade, einer Dose Keksen und einer Flasche Rotwein zurückkam, ähnlich dem, den wir vorher getrunken hatten – einem sehr angenehmen, wohlschmeckenden Bordeaux ; dass ihr Vater die ganze Zeit schlief, während wir aßen, was sie freute, da er ihrer Aussage nach Ruhe brauchte, da er drei Nächte und Tage lang kein Auge zugetan hatte. Ich hingegen wunderte mich, dass er in einem solchen Zustand der Aufregung und Bestürzung eingeschlafen war, wie ich ihn zurückgelassen hatte. Was aber seinen Schlaf inmitten des Lärms des brechenden Holzes und der brodelnden Wellen angeht, genügt es zu sagen, dass er Seemann war.

Ich erinnere mich auch, dass wir den Rest des Tages die Pumpe etwa alle zwei Stunden betätigten; aber das Wasser drang unverkennbar in die Barke ein , und um sie frei zu halten, hätte man die Pumpen unaufhörlich betätigen müssen – beide Pumpen gleichzeitig – durch Gruppen von Leuten, die sich gegenseitig ablösen und zwischendurch ausruhen konnten. Helga erzählte mir, dass ihr Vater befohlen hatte, eine Windmühlenpumpe nach skandinavischer Art zu montieren, aber dass es zu einer Verzögerung gekommen war, sodass die Barke ohne sie segelte. Ich sagte, dass keine Windmühlenpumpe einem solchen Sturm, wie er gerade wehte, eine halbe Stunde standgehalten hätte; aber trotzdem bedauerte ich bitter, dass nichts dergleichen an Bord war, denn diese Windmühlenvorrichtungen halten die Pumpen durch die Umdrehung ihrer Segel in Betrieb, und so etwas muss sich als unsagbar wertvoll erwiesen haben, als das Wetter gemäßigter wurde, sodass wir es aufstellen konnten.

Der Kapitän schlief bis weit in den Nachmittag hinein, aber als er aufwachte, konnte ich nicht erkennen, dass es ihm nach der langen Ruhepause besser ging. Ich betrat seine Kabine, frisch von einem Rundgang an Deck, und fand ihn gerade wach vor, mit den Augen auf seine Tochter gerichtet, die schlummernd auf dem Schrank saß, mit dem Rücken an die Kabinenwand gelehnt und ihr blasses Gesicht auf ihre Brust gebeugt. Er überfiel mich sofort mit Fragen, die er in so hohen, durchdringenden und fieberhaften Tönen vortrug, dass sie Helga weckten. Wir mussten ihm die Wahrheit sagen – ich meine, dass das Wasser zunahm, aber langsam, so dass es uns überwältigen musste, wenn der Sturm anhielt, aber wir konnten immer noch hoffen, eine Chance auf unser Leben zu haben, indem wir die Pumpe in Betrieb hielten. Er brach in viele leidenschaftliche Schreie der Not und Trauer aus und schwieg dann mit der Miene eines Menschen, der die Hoffnung aufgibt.

„Es sind nur zwei, und eines davon ist ein Mädchen", hörte ich ihn sagen, während er den Blick zum Deck hob.

Die Nacht war eine schreckliche Zeit. Solange es hell war und man sehen konnte, schien die Stimmung noch ein wenig heiter zu sein; aber ich für meinen Teil fürchtete die Wirkung einer zweiten, endlosen Zeit der Dunkelheit auf meinen Geist, erfüllt von den Schrecken des stöhnenden und heulenden Sturms, der schwindelerregenden Bewegung des gequälten Gewebes, der herzzerreißenden Geräusche des Wassers, das donnernd und in vulkanischen Stößen gegen und über das kämpfende Schiff prasselte.

Nun, nach meiner Wache war es ungefähr neun Uhr. Lange zuvor, nachdem wir von einer zermürbenden Plackerei an der Pumpe zurückgekehrt waren, hatten wir die Lampen im Deckshaus und im Kompasskasten angezündet, unsere dritte Mahlzeit an diesem Tag eingenommen, um Tee oder Abendessen zu bekommen, und auf Helgas Bitte hin hatte ich mich in den Backskisten im Deckshaus gelegt, um, wenn möglich, eine Stunde oder so zu schlafen, während sie bei ihrem Vater Wache hielt und durch gelegentliche Besuche an Deck ein Auge auf das Schiff hatte.

Wir hatten vereinbart, dass sie mich um neun Uhr wecken sollte, dass wir uns dann erneut der Pumpe widmen sollten, dass sie danach bis elf Uhr meinen Platz auf der Kiste einnehmen sollte, während ich mich in der Zwischenzeit um ihren Vater und die Bark kümmern würde, und dass wir so die ganze Nacht über abwechselnd vorgehen würden. Es war jetzt neun Uhr. Ich erwachte und sah auf meine Uhr, als Helga vom Deck hereinkam. Sie kam auf mich zu, nahm meine Hände und rief:

„Mr. Tregarthen, am Himmel sind Sterne zu sehen. Ich glaube, der Sturm bricht los!"

Nur wer selbst ähnliche Erfahrungen gemacht hat, wie ich sie hier zu schildern versuche , kann sich die Verzückung und das neue Leben vorstellen, das ihre Worte in mir auslösten.

„Ich preise Gott für Ihre gute Nachricht!", rief ich und trat an das Barometer heran, um seine Anzeigen zu beobachten.

Das Quecksilber war um einen Viertelzoll gestiegen, und zwar seit kurz nach sieben. Da ich jedoch auf meine bescheidene Weise ein Barometer-Student bin, hätte ich mir von Herzen gewünscht, dass der Anstieg viel langsamer erfolgte. Es könnte nichts weiter als einen trockeneren Sturm bedeuten, dem es nichts von der alten Heftigkeit fehlt. Aber es könnte auch eine Wende bedeuten, so dass wir die Chance hatten, nach Hause geweht zu werden, was eine Chance auf Rettung bedeutete, die notwendigerweise größer werden musste, je näher wir dem Ärmelkanal kamen.

Ich ging mit Helga an Deck und sah sofort die Sterne in Windrichtung zwischen den Rändern der Wolken leuchten, die mit der Geschwindigkeit von Rauch über unsere Mastspitzen flogen. Der Dunsthimmel, der zwei Tage lang schwarz und brütend über dem Ozean gehangen hatte, war aufgebrochen; der Himmel zeigte sich rein und die Sterne leuchteten mit frostigem Glanz darin. Die Atmosphäre hatte sich wunderbar aufgeklart; der Schaum warf scharfe Blicke auf die wirbelnden Schatten der Meere, und ich glaubte, ich könnte der lärmenden, bergigen Brust des Ozeans bis zum Pulsieren des Horizonts folgen, über den die Wolken in losen Massen strömten und beim Aufsteigen wie ein Schneesturm zerstreut wurden, aber alles so zahlreich, dass der Himmel voll von fliegenden Flügeln war.

Aber der Wind ließ nicht nach. Er blies mit der alten, schrecklichen Gewalt, und die halb erstickte Bark stieg und tauchte und rollte inmitten von Gischtwolken auf eine Weise, die einem schon nach einer Minute des Zusehens die Augen taumeln ließ. Doch der bloße Anblick der Sterne war für uns eine Stärkung. Wir arbeiteten an der Pumpe, und dann legte sich Helga hin; und so vergingen die Stunden bis etwa vier Uhr morgens, als der Wind merklich nachließ. Im Morgengrauen wehte er noch stark, aber hätten wir schon lange vorher, wenn wir Matrosen gehabt hätten, die Segel aufziehen und die Bark auf Kurs bringen können.

Ich stand auf dem Deckshaus und sah zu, wie die Morgendämmerung anbrach. Das trostlose Grau stahl sich über die schäumende See und verfärbte sich mit jeder Woge aschfahl. In Luv drehte sich die Meereslinie wie ein Korkenzieher am Himmel und schien zu brodeln und daran entlangzuspülen, als wäre sie die Basis einer rauchenden Wand. Es war nichts zu sehen. Ich suchte mit leidenschaftlicher Intensität in alle Richtungen, aber es war nichts zu sehen. Aber jetzt hatte sich die See stark beruhigt, und obwohl das Deck noch immer vor Nässe schäumte, wirbelte der Schaum nur in großen Abständen vorwärts. Die Bark sah furchtbar zerstört aus, gestrandet und durchnässt. Ihre gesamte Takelage war schlaff, die Decks waren mit Seilenden belastet, die Wetterseite des Großsegels war losgeweht und flatterte in Lumpen, obwohl die Leinwand in Lee zusammengerollt lag.

Ich ging auf das Achterdeck und lotete den Brunnen. Durch die Übung war ich ein Experte geworden, und der Wurf, daran zweifelte ich nicht, verriet mir die wahre Tiefe, und ich fühlte, wie mir das ganze Blut ins Herz schoss, als ich ein Anzeichen für eine Zunahme wahrnahm, das sich anfühlte, als würde jemand seine Totenglocke läuten hören oder als würde jemand zum Tode verurteilt.

Ich betrat das Deckshaus mit festem Entschluss und setzte mich an den Tisch gegenüber der schlafenden Helga auf dem Schrank, um ein wenig nachzudenken, bevor ich sie weckte. Im Morgenlicht wirkte sie sehr blass, fast abgezehrt; ihre geöffneten Lippen waren blass, und selbst im Schlaf hatte sie einen unruhigen Ausdruck. Vielleicht weckte sie der Blick, den ich auf ihr Gesicht richtete; sie sah mich plötzlich an und setzte sich dann auf. In diesem Moment fiel ein Schimmer nebligen Sonnenscheins durch die kleinen Fenster.

„Das schlechte Wetter ist vorbei!", rief sie.

„Aber für uns ist es immer noch zu schlimm", sagte ich.

„Weht der Wind vom Land?", fragte sie.

„Ja!" und zwar frisch.'

Sie konnte jetzt die Bedeutung in meinem Gesicht erkennen und fragte mich besorgt, ob irgendetwas Neues passiert sei, das mich beunruhige. Ich antwortete, indem ich ihr die Wassertiefe nannte, die ich im Laderaum festgestellt hatte. Sie faltete die Hände und stand auf, setzte sich dann aber wieder auf mich und machte eine kleine Geste.

„Miss Nielsen", sagte ich, „die Barke nimmt viel schneller Wasser auf, als wir es abpumpen können. Wir können zwar weiter pumpen, aber die Arbeit wird uns nur das Herz brechen und kostbare Zeit verschwenden, die man sinnvoller nutzen könnte. Wir müssen der Wahrheit ins Auge sehen und uns dazu entschließen, das Schiff loszulassen und mit Gottes Hilfe unser Bestes zu tun, um unser Leben zu retten."

„Was?", fragte sie mit leiser Stimme, die eher Ehrfurcht als Angst ausdrückte, und ich bemerkte, wie das leichte Zucken und Verkrampfen ihrer Mundwinkel rasch einem Ausdruck der Entschlossenheit wich.

„Wir müssen uns an die Arbeit machen", sagte ich, „und ein Floß bauen und dann alles vorbereiten, um es über Bord zu werfen. Das Wetter wird uns vielleicht dazu verhelfen. Ich bete darum. Das ist unsere einzige Hoffnung, sollte uns nichts helfen."

„Aber mein Vater?“

„Wir müssen ihn aus seiner Kabine auf das Floß bringen.“

„Aber wie? Aber wie?“, rief sie mit wilder Miene. „Er kann sich nicht bewegen!“

„Wenn wir gerettet werden sollen, muss er auf jeden Fall gerettet werden“, sagte ich. „Was bleibt dann anderes übrig, als ihn in seiner Pritsche, so wie er liegt, auf das Deck herabzulassen, ihn so zur Gangway zu schleifen und ihn mit einem Flaschenzug auf das Floß zu schleudern?“

„Ja“, sagte sie, „das kann man machen. Es muss gemacht werden.“ Sie dachte nach und legte die Hände fest auf die Stirn. „Wie lange, glauben Sie“, fragte sie, „wird die *Anine* noch über Wasser bleiben, wenn wir die Pumpen unberührt lassen?“

„Dein Vater wird es wissen“, sagte ich. „Lass uns zu ihm gehen.“

Kapitän Nielsen saß aufrecht in seiner Pritsche und kaute einen Keks.

„Ha!“, rief er, als wir eintraten. „Wir werden schönes Wetter haben. Gerade schien die Sonne auf dem Hafen. Was zeigt das Barometer, Mr. Tregarthen?“ Dann runzelte er die Stirn, während er seine Tochter anstarrte, als hätte er sie noch nie gesehen, und rief: „Was ist los, Helga? Was willst du mir erzählen?“

„Vater“, antwortete sie, ließ den Kopf ein wenig sinken und sah ihn dabei durch die Wimpern an, „Mr. Tregarthen glaubt – und ich kann daran nicht zweifeln, denn hier ist der Echolot, der dies bestätigt –, dass schnell Wasser in die *Anine eindringt* und dass wir keine Zeit verlieren dürfen, uns auf unsere Abreise vorzubereiten.“

„Was!“, kreischte er fast, ließ seinen Keks fallen, packte mit seinen ausgemergelten Händen die Kante des Feldbetts und drehte seinen Körper von der Hüfte aus zu uns, wobei seine Beine in ihrer früheren Haltung blieben, als wäre er von der Hüfte abwärts gelähmt. „Die *Anine* sinkt? Bereiten Sie sich darauf vor, sie zu verlassen? Warum haben Sie dann die Pumpe vernachlässigt?“

„Nein, Kapitän, nein“, antwortete ich. „Unsere Arbeit war so regelmäßig, wie wir Kraft hatten. Ihre Tochter hat schon zu viel getan; sehen Sie sie an!“, rief ich und zeigte auf das Mädchen. „Beurteilen Sie mit den Augen Ihres Vaters, wie lange sie noch durchhalten kann!“

„Die Pumpe muss besetzt werden!“, rief er, wieder so kreischend wie zuvor. „Die *Anine* darf nicht sinken; sie ist alles, was ich auf der Welt habe. Mein Kind wird verhungern müssen! Oh, sie hat genug Kraft. Helga, der Herr kennt Ihre Kraft und Ihren Mut nicht! Und Sie, Sir – Sie, Mr. Tregarthen –

Ach! Gott! Sie werden Ihren Mut nicht verlieren lassen – Sie, der Sie in einem heiligen und schönen Auftrag hierhergekommen sind – nein, nein! Sie werden Ihren Mut nicht verlieren lassen, jetzt, wo der Wind nachlässt und die Sonne durchgebrochen ist und das Schlimmste vorüber ist?"

Helga sah mich an.

wir ein Dutzend wären, könnten wir hoffen, Ihr Schiff lange genug über Wasser zu halten, um eine Chance auf Rettung zu haben; aber nicht zwölf, nicht fünfzig Männer könnten es für Sie retten. Der Sturm hat es in ein Sieb verwandelt, und was wir jetzt tun müssen, ist, ein Floß zu bauen, solange wir Zeit und Gelegenheit haben, und unablässig zu beten, dass das Wetter es uns erlaubt, es zu Wasser zu lassen und darauf zu bleiben, bis uns Hilfe zuteilwird ."

Er starrte mich mit brennenden Augen an und atmete, als müsste er gleich ersticken.

„Oh, wenn ich doch nur ein paar Stunden meine Glieder gebrauchen könnte!", rief er und hob seine zitternden Hände. „Ich würde euch beiden zeigen, wie man die Schwäche des Körpers mit dem Willen überwinden kann. Muss ich hier ohne Kraft liegen bleiben?" Und während er diese Worte sprach, packte er wieder die Kante seines Feldbetts und wand sich so, dass ich fast darauf vorbereitet war, ihn sich aus dem Bett hieven zu sehen; aber der Schmerz des Rucks war zu groß; sein Gesicht wurde noch blasser, er stöhnte leise und legte sich zurück, wobei seine Stirn von Schweißtropfen glänzte.

„Vater!", rief Helga, „hab Geduld mit uns! Es ist tatsächlich so, wie Mr. Tregarthen sagt. Ich habe es letzte Nacht befürchtet, und dieser Morgen hat mich davon überzeugt. Wir dürfen nicht an das Schiff denken, sondern an uns selbst und an dich, lieber Vater – an dich, mein armer, lieber Vater!" Sie brach mit einem Schluchzen ab.

Qual erholt hatte , die er sich selbst zugefügt hatte, und begann dann sanft, aber auf eine Art, die ihm meine Entschlossenheit verriet, mit ihm zu reden. Er lag da und hörte scheinbar apathisch zu; aber seine vom Atmen weit geweiteten Nasenlöcher und die hastigen Bewegungen seiner Brust waren ausreichender Hinweis auf seinen Gemütszustand. Während ich mit ihm sprach, ging Helga hinaus und kam gleich darauf mit dem Sondierstab zurück, dunkel von der Nässe, die frisch aus dem Brunnen kam. Er richtete seine fiebrigen Augen darauf, schüttelte aber nur den Kopf und rang leicht die Hände.

„Vater, sehen Sie es selbst!", rief sie.

„Miss Nielsen", sagte ich, „wir verschwenden kostbare Minuten. Kann Ihr Vater Ihnen sagen, in welcher Wassertiefe sein Schiff untergehen muss, um zu sinken?"

Er, der arme Kerl, gab keine Antwort, sondern starrte weiterhin auf den Stab in ihrer Hand, als ob ihm mit einem Mal seine Intelligenz völlig entwischt wäre.

„Sollen wir zur Arbeit gehen?", fragte ich. Sie sah ihren Vater wehmütig an. „Komm", rief ich aus, „wir *wissen,* dass wir Recht haben. Wir müssen uns bemühen, uns selbst zu retten. Ist unser Leben nicht unsere erste Überlegung?"

„Ich ging zur Tür. Als ich meine Hand danach ausstreckte, rief Kapitän Nielsen: ‚Wenn Sie das Schiff nicht retten, wie wollen Sie dann sich selbst retten?'

„Wir müssen sofort eine Art Floß zusammenbauen", sagte ich und blieb stehen.

„Ein Floß! In diesem Meer!" Er faltete die Hände und stieß ein leises, spöttisches Lachen aus, das ihn mehr erschreckte, als der wütendste Wutausbruch es hätte zeigen können.

Ich konnte es mir nicht länger anhören, was er einwenden wollte. Helga mochte ihm zwar sehr lieb sein, aber sein Schiff stand für ihn an erster Stelle, und ich hatte keine Ahnung, dass mir an der Pumpe das Herz brechen und ich dann doch ertrinken würde. Meine Hoffnung war zwar hoffnungslos, aber es war immerhin eine Hoffnung, während ich wusste, dass das Schiff uns überhaupt keine Chance lassen würde. Außerdem bedeutete unsere Vorbereitung auf das Schlimmste nicht, dass wir das Schiff verlassen sollten, bis es uns zwang, über Bord zu gehen. Und sollte die sanfte, heldenhafte Helga ohne meinen Widerstand umkommen, weil ihr Vater mit der Verrücktheit eines Kranken – die er, wenn er gesund war, vielleicht schnell anprangern würde – an dieser armen, sturmgepeitschten Barke festhielt, die alles war, was er auf der Welt hatte?

Ich ging hinaus und an Deck und dachte eine Minute lang über das Floß nach und wie wir es angehen sollten, als Helga zu mir kam.

„Er ist zu krank, um vernünftig zu sein", rief sie aus.

„Ja", sagte ich, „aber wir werden ihn und uns selbst retten, wenn wir können. Lasst uns keine Zeit mehr verlieren. Ist dir aufgefallen, dass der Wind merklich nachgelassen hat, während wir in der Kabine deines Vaters sprachen? Der Himmel hat sich noch weiter nach Luv geöffnet und die See ist viel weniger stark."

Während ich sprach, blitzte die Sonne in einem Spalt des Dunstes auf , der über den östlichen Himmel zog, und der Blick auf die Pracht des Schaums und das plötzliche Aufhellen des wolkenbeschatteten Meeres ins Blaue belebten mich wie neugeborene Hoffnung und belebten meine Stimmung beinahe so sehr, als ob mein Blick auf den Schimmer eines Segels gefallen wäre, das auf uns zukam.

Ich möchte Sie nur ermüden, wenn ich Ihnen Schritt für Schritt erzählen würde, wie wir an die Arbeit gingen, um ein Floß zu bauen. Die Bewegung des Decks war immer noch sehr heftig, aber wir waren inzwischen so abgehärtet, als hätten wir jahrelang auf See gelebt; und tatsächlich wurde die Bewegung nach dem Hin und Her der Nacht zu einem reinen Kinderspiel. Eine lange Stunde, in der wir die benötigten Baumstämme vom Haus der Seeleute auf das Deck brachten und andere Materialien für unseren Bedarf sammelten, war bei weitem nicht so anstrengend wie zehn Minuten an der Pumpe. Kurz nach neun Uhr machten wir eine Pause, um etwas zu essen zu holen und Helga die Möglichkeit zu geben, sich um ihren Vater zu kümmern; und jetzt machte uns der Wurf, den wir mit der Echolot-Stange machten, mit bitterster Bedeutung klar, dass, selbst wenn mein Begleiter und ich die Kraft hatten, eine ganze Wache lang an der Pumpe zu bleiben – ich meine vier Stunden am Stück –, das Wasser uns am Ende sicherlich besiegen würde, wenn auch nur etwas langsamer. Tatsächlich bestand kein Zweifel mehr daran, dass das Schiff an einigen Stellen ernsthaft beansprucht worden war; und obwohl ich schwieg, war ich der festen Überzeugung, dass das Schiff an diesem Tag um fünf Uhr nicht mehr schwimmen würde, wenn nicht durch ein Wunder das Eindringen des Wassers gestoppt würde.

Um eins hatten wir das Floß fertig und es lag an der Hauptluke, bereit, über Bord geworfen und zu Wasser gelassen zu werden. Ich hatte einige Kenntnisse im Bootsbau, die ich mir in einer kleinen Werft unterhalb des Rettungsboothauses in Tintrenale angeeignet hatte , wo Boote gebaut wurden und ich viele Stunden damit verbracht hatte, mit der Pfeife im Mund zuzusehen, Fragen zu stellen und sogar mit anzupacken; und beim Bau dieses Floßes kamen mir meine bescheidenen Erfahrungen im Bootsbau sehr zugute. Zuerst fertigten wir ein Gerüst aus vier kräftigen Leesegelbäumen, die wir sicher an vier leeren Fässern festbanden, von denen zwei griffbereit lagen, während wir eines in der Kombüse fanden, halb voll mit Schneematsch, und das andere in der Kabine darunter, wo der Proviant gelagert war. Wir haben den Rahmen mit Auslegern ausgestattet, von denen es, wie ich bereits erwähnt habe, eine Anzahl gab, die auf dem Deckshaus der Matrosen gestapelt waren, und daran haben wir Planken festgebunden, an denen wir einige Lukendeckel befestigten, und das Ganze mit Seilwinden um Seilwinden zusammengebunden. Um unsere Chancen zu erhöhen, gesehen zu werden, habe ich dafür gesorgt, dass als Mast ein Bramsegelbaum mit Beschlag angebracht wurde, an dessen Spitze wir eine Flagge zeigen konnten . Ich habe auch darauf geachtet, die Seiten mit einem kleinen Bollwerk aus Rettungsleinen zu sichern, damit das Floß nicht weggeschwemmt werden konnte. Es gab viele Zwischenräume in diesem Gewebe, in denen man einen Vorrat an Proviant und Wasser unterbringen konnte.

Ich hatte keine Angst, dass es nicht hoch schwimmen oder nicht zusammenhalten würde, aber es wäre unmöglich, die Schwere des Herzens auszudrücken, mit der ich an diesem Ding arbeitete . Das Floß war für meine Vorstellungskraft immer der schrecklichste Albtraum des Meeres gewesen. Die Geschichten der Leiden, die es miterlebt hatte, gingen mir während der Arbeit durch den Kopf, und immer wieder veranlassten sie mich, die Arbeit abzubrechen und einen verzweifelten Blick um mich zu werfen, aber nie war ein Segel zu sehen; die Leere war die des Himmels.

Wir hatten eine zweite dänische Flagge auf Halbmast gesetzt, nachdem wir unser Fasten gebrochen hatten, und man brauchte nur auf das luftige Kräuseln ihrer großen Falten zu schauen, um zu wissen, dass der Wind schnell nachließ. Um ein Uhr wehte tatsächlich nur noch ein angenehmer Wind, immer noch aus Nordost. Die stürmischen, rauchartigen Wolken des Morgens waren verschwunden, und der Himmel war jetzt von kleinen Haufen prismatischen Dampfes gesprenkelt , die langsam unter einem hohen, zarten Schatten aus Wolken dahinzogen, die weit aufgerissen waren und viel klares, flüssiges Blau zeigten und die Sonne sehr stetig scheinen ließen. Es gab eine lange Dünung, die aus Nordosten kam; aber die Brauen waren so weit auseinander, dass das Schwanken der Barke darauf überhaupt nicht heftig war. Der Wind knisterte in diesen schwingenden Wasserfalten, und die Oberfläche des Ozeans glitzerte mit Linien kleiner Seen, die sich mit fröhlichen Kräuseln zu Schaum auffächerten. Aber das Wasser war schön, das Barometer war stark gestiegen und ich konnte nun glauben, dass die Schnelligkeit seiner Anzeigen nichts weiter verhieß als die Verheißung eines angenehmen Tages mit leichtem Wind.

Ohne Helga hätte ich nichts geschafft. Ihre Tatkraft, ihre Intelligenz, ihr Geist waren erstaunlich, nicht nur, weil sie ein Mädchen war, sondern weil sie einen Tag und zwei schreckliche Nächte voller Gefahren und Not hinter sich hatte, nur wenig geschlafen hatte und deren Arbeit an der Pumpe einen erfahrenen Seemann erschöpft hätte. Sie schien genau zu wissen, was zu tun war, hatte einen weisen Vorschlag, und ich konnte nie in ihr Gesicht blicken, ohne zu finden, dass die Süße darin durch den Heldenmut ihres Herzens, der sich in ihrem festen Mund, ihrem gelassenen Gesicht und ihrem festen, entschlossenen Blick zeigte, noch edler wurde.

Manchmal unterbrachen wir die Fahrt, um den Brunnen zu loten, und merkten dabei, wie unsere Hände und Füße wieder flinker wurden und wie ein wilderes Verlangen nach Eile durch die Sicherheit der Rute unsere Geister durchdrang. Das Wasser stieg stetig, Zoll für Zoll, und schon um ein Uhr war es fast leicht, die Tiefe zu erraten, indem man das Schiff langsam rollte und sich langsam von der Dünung erholte. Ich war jedoch ziemlich zuversichtlich, dass es noch einige Stunden über Wasser bleiben würde, und Gott weiß, wir konnten nicht zu viel Zeit bekommen, denn es gab viel zu tun; das Floß musste zu Wasser gelassen und mit Proviant versorgt werden; und der schwierigste Teil stand noch bevor, nämlich den kranken Kapitän aus seiner Kabine zu holen und ihn über Bord zu hieven.

Um ein Uhr machten wir wieder Halt, um uns mit Essen und Trinken zu stärken, und Helga kümmerte sich um ihren Vater. Ich für meinen Teil wollte seine Koje nicht betreten. Ich fürchtete seine Vorwürfe und Vorwürfe, und ich kann sogar sagen, dass ich sogar vor seinem Anblick zurückschreckte, so schmerzlich waren sein bleiches Gesicht und sein sterbensgleiches Auftreten – so deprimierend für mich, der ich nicht auf das Floß schauen und dann meine Augen auf das Meer richten konnte, ohne zu ahnen, dass ich ebenso ein sterbender Mann war wie er, und dass die Sonne, wenn sie heute Abend unterging, für immer über uns untergehen könnte.

Es gab nur eine Möglichkeit, das Floß rüberzubekommen, und zwar mit der Winde und einem Takel am Großraharm. Helga sagte, sie würde den Takel hochheben, aber ich ließ meinen Blick lächelnd über ihre als Jungen gekleidete Gestalt gleiten und sagte „Nein". Sie war zwar eine bessere Seglerin als ich, aber es wäre wirklich seltsam, wenn ich nicht in der Lage wäre, einen Block an einem Raharm zu befestigen. Wir spannten den Großraharm ein, bis der Arm gerade über der Gangway war, und dann hob ich den Takel hoch und befestigte den Block am Ende.

Ich lag ein oder zwei Minuten über der Rah und sah mich um, doch das Meer quoll ungebrochen gen Himmel, und ich ließ mich immer wieder schaudernd und ohne Kontrolle über mich hinabsteigen, während ich auf die kleine Struktur des Floßes starrte und sie mit der Größe des Schiffes verglich, das langsam unterging, und dann mit dem großen Meer, auf dessen Oberfläche es bald schwimmen würde – vielleicht das einzige Objekt, das meilenweit unter dem Auge des Himmels lag!

Unsere Aufgabe bestand nun darin, das Floß über Bord zu bekommen. Ich müsste Sie mit technischen Details ermüden und vielleicht auch verwirren, wenn ich Ihnen genau erklären wollte, wie wir das gemacht haben. Es genügt, wenn ich sage, dass wir die Konstruktion sehr leicht von der Reling wegbekamen, indem wir den unteren Block der Takelage an Seile anhakten, die als Schlingen für das Floß dienten, und indem wir den Zugteil zur Winde führten. Sie müssen nämlich wissen, dass die Winde mit ihren Kurbeln, Zahnrädern und Sperrklinken ein Schiffsmechanismus ist, mit dem ein paar Personen so viel erreichen können wie ein Dutzend Personen allein mit ihren Armen.

Als das Floß hoch genug war, stand Helga an der Winde und war bereit, es auf mein Kommando herunterzulassen, während ich zu einer Leine ging, die das Gewebe über dem Deck hielt. Diese Leine ließ ich locker, bis das Floß weit über das Wasser geschwungen war, und rief dann Helga zu, es herunterzulassen, und das Floß sank und war nach ein oder zwei Minuten auf dem Wasser, trieb auf der Dünung neben mir und wurde von den Fässern noch höher über der Oberfläche getragen, als ich zu hoffen gewagt hatte.

„Jetzt aber, Miss Nielsen!" rief ich.

„Oh! Bitte, nenn mich Helga", unterbrach sie mich. „Das ist mein Name. Er ist kurz! Ich scheine, darauf zu reagieren, und in dieser Zeit, dieser schrecklichen Zeit, könnte ich mir nur diesen Namen wünschen und keinen anderen."

„Dann, Helga", sagte ich, und als ich das Wort aussprach, fühlte ich, wie mir das Herz für das tapfere, gute, sanfte kleine Geschöpf warm wurde, „müssen wir das Floß unverzüglich mit Proviant versorgen. Wir brauchen vor allem frisches Wasser und Kekse. Was hast du sonst noch in deinem Proviantraum unten?"

„Komm mit!", sagte sie, und wir rannten ins Deckshaus und stiegen durch die Luke hinab. Das Floß blieb sicher neben uns treiben, nicht nur im Griff der Rahtakelung, die durch das Schwanken des Schiffes völlig außer Kontrolle geraten war, sondern auch im Griff der Leine, mit der wir das Gebilde über die Reling gehängt hatten.

Unten war es noch ziemlich dunkel; doch als wir die Tür der Koje öffneten, in der, wie ich Ihnen erzählt habe, die Kabinenvorräte verstaut waren, fiel das Sonnenlicht auf die Luke oder das Bullauge, und der Raum lag klar im Licht. In etwa zwanzig Minuten und nach etwa drei oder vier Fahrten hatten wir so viel Proviant an Deck gebracht, wie drei Personen für etwa einen Monat brauchten: Dosen mit Fleisch, etwas Schinken, mehrere Dosen mit Keksen, Käse und andere Dinge, die ich nicht aufzuzählen brauche. Aber wir hatten das Frischwasser in den Lukenfässern aufgesetzt, damit sie geleert werden konnten, um als Schwimmkörper für das Floß zu dienen, und nun mussten wir ein Fass oder einen Behälter für Trinkwasser finden und es ebenfalls aus dem Vorrat im Laderaum füllen. Hier wäre ich ratlos gewesen, wenn Helga nicht gewusst hätte, wo das Frischwasser der Barke verstaut war. Wieder betraten wir die Kabine oder Proviantkammer und kamen mit einigen Gläsern zurück, deren Inhalt wir ausleerten. Ich glaube, es war Essig, aber durch die Eile war mein Geist nicht in der Lage, kleine Eindrücke aufzunehmen. Wir füllten die Gläser mit Frischwasser aus einem Tank, der praktischerweise in der Hauptluke verstaut war, und während ich sie füllte, trug Helga sie an Deck.

Während wir unten an dieser Arbeit waren , bat ich sie, zuzuhören.

„Ja, ich höre es!" rief sie. „Es ist das Wasser im Laderaum."

Bei jeder kränklichen Neigung der Bark konnte man hören, wie das Wasser in ihrem Inneren zwischen der Ladung brodelte und mal nach Backbord, mal nach Steuerbord strömte.

„Helga, sie kann nicht mehr lange leben", sagte ich. „Das glaube ich, aber wenn das Wasser nicht zischen würde, würden wir es in sie hineinsprudeln hören."

Ich reichte ihr das letzte Glas und hielt mich an der Lukensülle fest, um auf das Deck zu klettern, denn die Ladung war hoch. Als ich das tat, schien mich etwas am Rücken zu berühren und zu kratzen, und eine riesige schwarze Ratte, so groß wie ein Kätzchen, sprang von meiner Schulter auf das Deck und verschwand mit einem Atemzug. Helga schrie, und tatsächlich waren meine eigenen Nerven für den Moment nicht wenig erschüttert, denn ich spürte deutlich, wie der drahtartige Schnurrbart der schrecklichen Kreatur meine Wange streifte, als sie von meiner Schulter sprang.

„Wenn an dem Sprichwort etwas Wahres dran ist", sagte ich, „brauchen wir keinen sichereren Hinweis auf das, was uns bevorsteht, als das Verhalten dieser Ratte."

Das Mädchen schauderte und starrte mit vor Schreck leuchtenden Augen in den Laderaum, wobei sie zurückwich. Ich glaube, die Aussicht, auf einem Floß umherzutreiben, war für sie weniger schrecklich als die Vorstellung, dass eine zweite Ratte auf den einen oder anderen von uns losspringen könnte.

KAPITEL VIII.

Treibend.

Wir mussten alles bereit haben, bevor wir den armen Kapitän Nielsen aus seiner Kabine trugen. Ich löste die Gangway, und als ich eine Gelegenheit sah, wie die Dünung das Floß gegen die Seite der Barke hob , sprang ich los. Aber ich hätte mir das Gewicht und das Volumen der Dünung nicht vorstellen können, bis ich die zerbrechliche Plattform erreicht hatte. Man konnte tatsächlich spüren, dass der Zorn, den der Sturm entfacht hatte, noch immer im tiefen Schoß des Ozeans lebte. Es war wie ein strenges, rachsüchtiges Atmen. Aber der Wind war schwach und das Wasser streifte nur zart, und es war leicht vorauszusehen, dass die Dünung bis Sonnenuntergang stark abgeflacht sein würde, wenn kein Wind mehr wehte. Doch die Art und Weise, wie der Rumpf und das Floß zusammenkamen, erschreckte mich, da ich dachte, unser Konstrukt würde auseinanderfallen. Als sie mir die verschiedenen Pakete und Gegenstände, die wir auf dem Deck gesammelt hatten, zuwarf oder reichte, rief ich Helga zu, dass es keine Zeit zu verlieren dürfe – wir müssten ihren Vater unverzüglich auf das Floß bringen. Dann, nachdem ich hastig die letzten Sachen verstaut hatte, sprang ich wieder an Bord und ging geradewegs zur Koje des Kapitäns, als ich plötzlich stehen blieb und ausrief: „Zuerst, wie soll er herausgeholt werden?"

Sie blickte mich mitleidig an. Vielleicht reichte ihre Seemannschaft nicht bis zu *diesem* Niveau; oder vielleicht beeinträchtigte ihre Angst, dass wir ihrem Vater Schmerzen zufügen könnten, ihre Wahrnehmung dessen, was zu tun war.

„Lassen Sie mich nachdenken", sagte ich. „Es ist sicher, dass er auf das Deck herabgelassen werden muss, während er in seiner Pritsche liegt. Schaukelt er an Haken? Das habe ich nicht bemerkt."

„Ja", antwortete sie, „die sogenannten Knäuel laufen wie bei einer Hängematte spitz zu und breiten sich am Fuß- und Kopfende aus."

„Dann müssen im Oberdeck eiserne Ösen sein", rief ich, „um die Haken aufzunehmen. Nun, sehen Sie mal! Wir müssen an jedem Ende des Bettes eine Schlinge anbringen, eine Leine daran befestigen, deren Enden wir durch die Ösen führen, und wenn das erledigt ist , schneiden wir die Schoten ab und lassen ihn so herab. Ja, das reicht", sagte ich. „Ich habe es", und während ich mich nach einem Seil in der erforderlichen Stärke umsah, zog ich einige Faden ein, steckte mein Messer durch die Länge und gemeinsam eilten wir zur Koje des Kapitäns .

„Was ist denn jetzt?", fragte er mit schwacher Stimme, als wir eintraten.

„Alles ist bereit, Kapitän Nielsen", sagte ich, „es gibt keine Zeit zu verlieren. Die Ladung schwimmt im Laderaum herum, und das Schiff hat keine weitere Stunde mehr zu leben."

„Was willst du?", sagte er und blickte ausdruckslos auf die Seilrolle, die ich in der Hand hielt.

„Vater, wir sind hier, um dich zum Floß zu tragen."

„Zum Floß!", rief er mit einem Ausdruck der Verwirrung, und dann fügte er hinzu, während ich bemerkte, wie seine Wangen leicht rot wurden. „Ich habe nichts mit Ihrem Floß zu tun. Es lag in Ihrer Macht, die arme *Anine* zu retten . Wenn sie untergeht, werde ich mit ihr untergehen."

Während er das sagte, verschränkte er in entschlossener Haltung die Arme vor der Brust und betrachtete mich mit all der Strenge, die seine Krankheit seinen Augen nur zubilligte. Dennoch lag in seinem ganzen Benehmen eine Art Albernheit, die selbst den unaufmerksamsten Beobachter hätte davon überzeugen können, dass der arme Kerl immer weniger Verantwortung für sein Verhalten übernahm . Wäre er ein kräftiger Mann gewesen oder hätte er seine Extremitäten gebrauchen können, hätte ich das, was man eine „Szene" nennt, gefürchtet. So blieb mir nichts anderes übrig, als ihn wie ein Kind zu behandeln, ihn mit aller Zärtlichkeit, aber so schnell wie möglich, anzupacken und über die Reling zu bringen.

Als Helga ihn ansah, lag ein schrecklicher Ausdruck des Kummers auf ihrem Gesicht; aber ihre Blicke auf mich zeugten von der Gewissheit, dass sie meiner Meinung war und dass sie mir bei allem, was ich zu tun beschloss, zustimmen und mit mir sympathisieren würde. Ich zog mein Messer und schnitt Längen von dem Seil ab, das ich in der Hand hielt, um daraus Schlingen zu machen. Ich trug eine dieser Schlingen zum Feldbett und legte sie über das Ende. Der Kapitän streckte seine Hand aus und versuchte, mich beiseite zu stoßen. Die kindliche Schwäche dieses zitternden Stoßes hätte mich in einer Zeit weniger Elends und Gefahr als dieser vor Mitleid entnervt.

„Haben Sie Geduld mit mir! Seien Sie Sie selbst, Kapitän! Zeigen Sie sich als der wahre dänische Seemann, der Sie im Herzen sind – Helga zuliebe!", rief ich aus.

Er bedeckte seine Augen und schluchzte.

Ich befestigte die Schlingen an der Pritsche, und bis wir ihn auf das Deck hinabließen, hielt er sein Gesicht in seinen Händen verborgen. Ich zog zwei Seile durch die eisernen Ösen, an denen die Pritsche befestigt war, in der Weise, wie ich es Helga beschrieben hatte, und als das Gewicht der Pritsche auf diesen Seilen lag, sicherten wir ein Ende und hielten es am anderen fest. Dann steckte ich mein Messer durch die sogenannten Schoten oder dünnen

Leinen, die die Pritsche stützten, und ging zu dem Seil, das ich gesichert hatte, und bat Helga, ihr Ende herunterzulassen, während ich meines herunterließ, und die Pritsche landete sicher auf dem Deck. Dann kam das Mädchen zum Kopfende der Pritsche, und gemeinsam zogen wir sie aus dem Haus auf das Deck.

Wir sparten uns ein wenig Kraft, als wir die Pritsche über die Süllkante der Deckshaustür zogen, und der arme Mann hatte keine Schmerzen. Es war wirklich eine Gnade, dass er krank im Deckshaus liegen blieb, denn hätte er eine Kabine darunter bewohnt, kann ich mir nicht vorstellen, wie wir ihn auf das Deck hätten bringen sollen, ohne ihn durch die Qualen, die wir ihm durch unsere Bemühungen hätten zufügen müssen, umzubringen.

Als wir ihn zur Gangway gebracht hatten, sprang ich auf das Floß und hielt den Block fest, der am Ende der Rah baumelte. Damit kehrte ich zur Barke zurück , und gerade als wir das Floß hinübergebracht hatten, konnten wir auch den armen Kapitän auf sie ziehen. Ich stieg auf das Floß, um ihn zu empfangen, während Helga die Koje hinabließ. Er ließ sich sanft herab, und auf meinen Ruf „Lass los!" ließ sie die Leine schnell los, und die Takelage richtete sich auf, um sich der Rolle des Schiffes anzupassen.

Ich erinnere mich, wie ich „Gott sei Dank!" ausrief, als diese Arbeit beendet war und ich den Block losgehakt hatte, als wäre das Schlimmste vorüber; und tatsächlich war mit dem bloßen Verlassen der Barke das Schlimmste vorüber, als der kranke und hilflose Kapitän auf das Floß gebracht wurde. Aber was sollte jetzt beginnen? Mein „Gott sei Dank!" schien in meinem Herzen wie ein Stück Ironie zu klingen, als ich von der tiefen, nassen, glänzenden Seite des schiefen Rumpfes blickte, der seine zerstörten Masten im rötlichen Licht der Sonne schwenkte – als ich von ihm, sage ich, zum Meer blickte, wo die fließenden Linien der sich hebenden und senkenden Dünung kahl und schaumlos in den südwestlichen Himmel liefen.

Helga kam zur Gangway und rief an, um zu fragen, ob es ihrem Vater gut ginge.

Barke zu verlassen . Sie ist mit dem Bug sehr tief gesunken, und das nächste Eintauchen könnte ihr letztes sein."

„Ein paar Minuten sind nicht wichtig", rief sie. „Es gibt ein oder zwei Dinge, die ich gern mitnehmen möchte. Ich möchte sie besitzen, wenn wir gerettet werden."

„Dann beeil dich!", rief ich. Sie verschwand und ich wandte mich an den Kapitän . Er sah aus seiner Koje zu mir auf, mit Augen, in denen das ganze fiebrige Feuer des Morgens erloschen war.

„Bleibt Helga in der Barke ?" fragte er lustlos.

„Gott bewahre !" rief ich. „In ein oder zwei Minuten wird sie bei uns sein."

„Das ist eine grausame Desertion", sagte er. „Arme *Anine* ! Du hättest über Wasser gehalten werden sollen!"

Es war müßig, mit ihm zu diskutieren. Er war so gekleidet wie bei meinem ersten Anblick – mit Weste und Sergemantel und einem Schal um den Hals; aber er trug keinen Hut – was in einer solchen Situation nicht zu übersehen war – und sein unterer Körper war nur durch die Decken geschützt, unter denen er lag. Es war noch Zeit, seinen Bedarf zu decken. Ich hatte seine hellwache Kleidung und einen langen Mantel in seiner Koje hängen sehen, sprang sofort an Bord, eilte nach achtern, holte sie und kehrte zurück. Helga war noch unten. Ich setzte dem Kapitän den Hut auf und legte ihm den Mantel um die Schultern, während ich mich über die Abwesenheit des Mädchens ärgerte, denn jede Minute verlieh den trägen, kränklichen, sterbenden Bewegungen des schnell sinkenden Schiffsrumpfs eine tödlichere Bedeutung.

Ich glaube, es waren etwa zehn Minuten vergangen, seit sie die Seite der Barke verlassen hatte , um in ihre Kabine zu gehen, als ich meinen Blick vom Meer abwandte, in dessen östliches Viertel ich mit der wilden Hoffnung oder der Vorstellung eines Segels dort unten geblickt hatte – obwohl es sich als nicht mehr als eine Wolkenspitze herausstellte – und Helga auf der Gangway sah. Ich sage Helga, aber für einige Augenblicke erkannte ich sie nicht. Ich erschrak und starrte sie an, als wäre sie ein Geist. Statt der jungenhaften Gestalt, an die mein Blick bereits gewöhnt war, stand in der Öffnung zwischen den Schanzkleidern, die wir Gangway nennen, ein Mädchen, das mindestens einen halben Kopf größer aussah als die Helga, die meine Gefährtin gewesen war. Ich hätte sofort vermuten können, dass diese Erscheinung von Statur bei ihr auf ihr Kleid zurückzuführen war, aber da ich nicht vermutete, dass sie gegangen war, um sich umzuziehen, vervollständigte ihre Andeutung von größerer Größe das Erstaunen und die Verwirrung, mit der ich sie betrachtete. Sie stand auf der schiefen und schwankenden Seite der Barke und war die vollkommenste Gestalt einer Jungfrau, die sich Sterbliche nur wünschen konnten. Ihr Kleid war aus dunkelblauem Serge, der eng an ihr anlag; sie trug auch eine Stoffjacke, die am Hals und an den Knöpfen dünn mit Pelz besetzt war, und auf dem Kopf trug sie einen turbanförmigen Hut aus Robbenfell, dessen dunkler, glänzender Farbton ihr kurzes Haar in einen Teint aus blassestem Gold tauchen ließ. Sie hielt ein Paket in der Hand und rief mir zu, es ihr abzunehmen. Ich tat es und rief:

„Sie werden nicht von der Gangway springen können. Legen Sie sich in die Vorketten, und ich werde versuchen , das Floß zu Ihnen hochzuziehen."

Doch noch während ich sprach, griff sie nach ihrem Kleid und entblößte ihre kleinen Füße. Mit einem Satz erreichte sie das Floß, als es mit der Dünung stieg. Sie sank auf die Knie, als sie mit einer Anmut auf der Plattform aufschlug, die nur die Lehren des alten Ozeans ihren Gliedern hätten vermitteln können.

„Gott sei Dank, dass du hier bist!", rief ich und ergriff ihre Hand. „Ich wurde unruhig – noch eine Minute später hätte ich dich gesucht."

Sie lächelte schwach und wandte sich dann eifrig ihrem Vater zu.

„Ich habe das Porträt meiner Mutter", sagte sie und zeigte auf das Paket, „und ihre Bibel. Mehr möchte ich nicht mitnehmen. Wenn wir umkommen, werden sie mit uns gehen."

Er sah sie mit glanzlosen Augen an und richtete leise ein paar Worte auf Dänisch an sie. Sie antwortete in dieser Sprache, blickte auf ihr Kleid und dann auf mich und fügte auf Englisch hinzu: „Es war Zeit, Vater. Die harte Arbeit ist vorbei. Ich kann jetzt ein Mädchen sein." Und während sie aufs Meer blickte, seufzte sie bitter.

Ihr Vater legte die geflochtenen Hände an die Stirn, und ich hätte mir nie einen Ausdruck seelischer Qual vorstellen können, der sich dabei auf seinem Gesicht abzeichnete. Aber was ich hier erzähle, dauerte nicht länger als ein oder zwei Minuten. Tatsächlich hätten wir keine längere Verzögerung in Kauf nehmen dürfen, wenn das Floß zusammengehalten werden sollte. Ich ließ die Leine los, die das kleine Gebilde mit der Bark verband , und zog den kleinen Leesegelbaum – das heißt den Baum, den wir als Signalmast an Bord genommen hatten – rüber, stieß damit an, und mit Helgas Hilfe schafften wir das Floß von der Seite des Schiffes weg. Die Leedünung, auf der wir ritten, erledigte den Rest für uns, und ich war nicht wenig erfreut, als ich sah, dass sich unser erbärmliches Gebilde allmählich von der *Anine entfernte* ; denn wenn die Bark mit uns dicht neben uns sank, würden wir in den Strudel geraten, das Floß zerstreut und wir selbst dem Ertrinken überlassen werden.

Es dauerte jetzt noch etwa zwanzig Minuten bis zur Sonne. Ein schwacher Wind wehte noch, aber die wenigen Wolken, die noch am Himmel waren, schwebten scheinbar regungslos über uns; doch die Dünung war, zumindest nach unserem Empfinden, auf diesem flachen Bauwerk noch immer groß, und die Neigung der Plattform wurde schnell so schmerzhaft und ermüdend für unsere Glieder, dass wir froh waren, uns hinzusetzen und uns bei einer kurzen Rast so viel Erfrischung wie möglich zu gönnen.

Unter den Dingen, die wir mitgebracht hatten, befand sich die Bullaugenlampe, eine Dose Öl, ein Paket Maschen und einige Streichhölzer. Ich sagte zu Helga:

„Wir sollten unseren Mast aufstellen, bevor es dunkel wird.“

„Warum?“, fragte sie. „Die Flagge, die wir hissen, wird im Dunkeln nicht zu sehen sein.“ Sie wusste, dass der Mast keinen anderen Zweck hatte, als eine Flagge zu hissen.

„Aber wir sollten die Lampe anzünden und anbringen“, sagte ich, „und sie die ganze Nacht brennen lassen – wenn Gott uns die Nacht überstehen lässt. Wer kann sagen, was passieren wird ? Welches für uns unsichtbare Schiff kann das Licht wahrnehmen?“

Sie antwortete rasch: „Ja. Dein Urteil ist klarer als meines. Ich werde dir helfen, den Mast aufzustellen.“

Ihr Vater sprach sie wieder auf Dänisch an. Sie antwortete ihm und sagte dann zu mir: „Mein Vater fragt, warum wir ohne Segel sind.“

„Ich dachte an ein Segel“, antwortete ich, während ich den Mast aufstellen wollte, „aber ohne Wind könnte es uns nichts nützen, und mit Wind würde es wie ein Spinnennetz davonfliegen. Es hätte zu viel Zeit in Anspruch genommen, ein Segel aufzutakeln und sicher anzubringen. Außerdem konnten wir unsere Hoffnungen nie auf so etwas richten. Wir müssen hochgehoben werden – eine andere Chance haben wir nicht.“

Der Kapitän gab keine Antwort, sondern saß reglos auf seinen Kissen gestützt da und hatte den Blick auf die Barke gerichtet .

Die Sonne war untergegangen, aber als wir die Spiere aufgerichtet und befestigt hatten, leuchtete noch ein kräftiges Scharlachrot am westlichen Himmel. Dann zündete ich die Lampe an und ließ sie mithilfe einer Leine und eines kleinen Blocks, den ich sorgfältig in das Floß geworfen hatte, in die Höhe steigen. Als das erledigt war, setzten wir uns.

Jetzt blieb uns nichts mehr übrig, als zuzusehen und zu beten. Dies war der feierlichste und schrecklichste Augenblick, den wir bisher in unserem furchtbaren und erstaunlichen Erlebnis erlebt hatten. In der Eile und Aufregung beim Verlassen der Barke war kaum Zeit zum Innehalten geblieben. Wir konnten nur daran denken, wie wir schnell wegkommen, wie wir das Floß schnell ausrüsten und zu Wasser lassen, wie wir Kapitän Nielsen herüberbringen und dergleichen; aber das alles war vorbei: Wir konnten jetzt nachdenken – und mir war, als ob mir plötzlich das Herz gebrochen worden wäre, als ich auf der schrägen, fallenden und aufsteigenden Plattform saß und die Barke betrachtete , die in klaren schwarzen Linien vor dem schnell schwächer werdenden Licht im Westen aufgemalt lag.

Helga saß dicht an der Pritsche ihres Vaters. Soweit ich ihr Gesicht erkennen konnte, war tiefe Trauer und eine Art Bestürzung darin, aber keine Furcht. Ihr Blick war fest und ihr Mundausdruck entschlossen. Ihr Vater hielt den

Blick auf sein Schiff gerichtet. Ich hörte, wie sie ihn ein- oder zweimal auf Dänisch ansprach, aber als sie keine Antwort bekam, seufzte sie schwer und schwieg. Ich war körperlich und geistig zu erschöpft, um sprechen zu wollen. Ich erinnere mich, dass ich auf der Lukenabdeckung, die die Plattform des Floßes etwas anhob, saß oder vielmehr hockte, wie Lascar, mit den Händen auf den Schienbeinen und dem Kinn auf Kniehöhe, und in dieser Haltung blieb ich eine Zeit lang bewegungslos, beobachtete die *Anine*, wartete, bis sie sank, und wurde mir unserer schockierenden Lage so bewusst, dass ich das herzzerreißende Gefühl hatte, das ich erwähnte. Ich war genauso gekleidet wie damals, als ich aus dem Rettungsboot an Bord der Barke ging. Tatsächlich hatte ich von der Stunde meines Aufenthaltes auf dem Schiff bis zum gegenwärtigen Augenblick nicht ein einziges Mal meine Ölkleidung ausgezogen, mit Ausnahme meines Südwesters, den ich beim Betreten der Kabine vom Kopf nahm. Und ich weiß noch, dass ich dachte, es sei besser für mich, dick als dünn gekleidet zu sein, denn da ich ein starker Schwimmer bin, würde mir leichte Kleidung in einem langen, bitteren Kampf ums Überleben helfen, während die Kleidung, die ich trug, den Kampf verkürzen und mich schnell in den Frieden führen würde. Und das war tatsächlich alles, woran ich jetzt denken konnte, denn als ich meinen Blick vom Floß auf den dunkler werdenden Ozean richtete, fühlte ich mich hoffnungslos.

Die rostige Hektik verstummte. Die Nacht brach in einer klaren Dämmerung heran, und jedes Mal, wenn die Dünung das Floß hochhob, hörte man ein leises Seufzen des Windes über dem Floß. Im Südwesten stand ein silberner Mond, aber er hatte nicht die Kraft, auch nur eine Flocke seines Lichts in den dunklen Schatten des Wassers unter ihm fallen zu lassen. Doch das Sternenlicht war in der Dunkelheit, und es war nicht so dunkel, dass ich Helgas Gesicht in einer Art Schimmer erkennen konnte und die weißen Umrisse der Pritsche und die Form des Floßes auf dem Wasser in dunklen Strichen.

Die Barke trieb etwa eine Kabellänge von uns entfernt, eine dunkle Masse, die sich erstickend hin und her wälzte, wie ich an dem kränklichen Gleiten der Sterne in den Quadraten ihrer Takelage und entlang der blassen Linien der Segel erkennen konnte, die an ihren Rahen verstaut waren. Es war mehr Lebenskraft in ihr, als ich für möglich gehalten hätte, und ich sagte zu Helga:

„Wenn dieses Floß ein Boot wäre, würde ich an Bord der Barke gehen und sie anzünden. Sie kann die ganze Nacht über treiben, denn wer weiß, ob nicht eines ihrer schlimmsten Lecks verstopft ist und das Feuer, das sie entfachen würde, uns vielleicht helfen könnte."

Der Kapitän stieß einen Ausruf auf Dänisch aus, in einem leisen, aber heftigen und schrillen Ton. Er hatte seit über einer Stunde nicht gesprochen, und ich hatte geglaubt, er schlafe oder sterbe und sei sprachlos.

„Was sagt er?“, rief ich leise zu Helga hinüber.

„Dass die *Anine* vielleicht gerettet worden wäre, wenn wir ihr beigestanden hätten“, antwortete sie und bemühte sich, wie ich am Zittern ihrer Stimme hören konnte, ihren Akzent zu beherrschen.

„Nein, nein!“, sagte ich, fast barsch, fürchte ich, mit der Stimmung der Hilflosigkeit, Verzweiflung und der Art von Wut, die entsteht, wenn man erkennt, dass man dazu verdammt ist, wie eine Ratte zu sterben, ohne Chance, ohne dass eine Seele all derer, die man liebt, das eigene Schicksal kennt. „Nein, nein!“, rief ich, „die *Anine* konnte nicht von uns beiden gerettet werden, auch nicht von zwanzig wie uns, Helga. Das weißt *du* – denn es ist, als würdest du mich für unsere Situation hier verantwortlich machen, wenn du daran zweifelst.“

„Das bezweifle ich nicht“, antwortete sie fest und vorwurfsvoll.

Kapitän Nielsen murmelte etwas in seiner Muttersprache, doch ich fragte nicht, was er gesagt hatte, und die Stille der großen Ozeannacht mit ihrem zarten Hin und Her des klagenden Windes legte sich auf uns.

Meine Verzweiflung ließ sich nicht durch die Erinnerung an die gestrige Zeit besänftigen, durch die Wahrnehmung des sichtbaren Beweises von Gottes Barmherzigkeit in dieser Ruhe von Himmel und Meer, zu einer Zeit, als wir ohne den Wetterwechsel sicherlich dem Untergang geweiht gewesen wären. Ich war jung und wünschte mir sehnlichst zu leben. Wäre der Versuch mit dem Rettungsboot mit dem Tod bestraft worden, hätte ich, wenn man mir Zeit gelassen hätte, meinem Ende mit der Stärke entgegensehen können, die dem Gefühl entspringt, etwas Gutes getan zu haben. Aber alles Heroische an dieser Sache war verschwunden, als das Rettungsboot kenterte und mich sicher an Bord zurückließ. Es war jetzt nicht mehr als eine schäbige Überfahrt mit einem prosaischen Schiffbruch, mit dem begleitenden Schrecken eines langsamen Todes, und nichts Edles in dem, was getan worden war oder noch getan werden musste, um meine Stimmung zu heben. So saß ich da, voller Erbärmlichkeit und elend in Gedanken versunken, und beäugte mechanisch den düsteren Haufen der Barke ; Dann riss ich mich aus meinen quälenden Träumereien los, stand auf, hielt mich am Mast fest und suchte vorsichtig das Meer ab, während ich darum betete, das bunte Licht eines Dampfers sehen zu können, denn bei der Ruhe auf dem Wasser war kein Segel zu erwarten.

Ich war so beschäftigt, als ich von einem seltsamen Schrei aufgeschreckt wurde – ich kann ihn nicht beschreiben. Er ähnelte dem Stöhnen eines wilden Tieres, das zu Tode verwundet wurde, hatte aber einen menschlichen Unterton in sich, der den Laut unvorstellbar machte. Einen Augenblick lang glaubte ich, er käme vom Meer, bis ich im trüben Licht des Sternenlichts die

Gestalt von Kapitän Nielsen in sitzender Haltung sah, der mit der ganzen Länge seines Arms in Richtung seiner Bark deutete . Ich schaute hin und sah, dass die schwarze Masse des Rumpfes verschwunden war und nichts zu sehen war außer den dunklen Linien der Masten und Takelage, die vor meinen Augen verschwanden. Ein zerreißendes Geräusch, vermischt mit dem Aufprall einer Explosion, kam von dort, wo sie verschwunden war. Es bedeutete nichts weiter als die Sprengung der Decks, als sie sank; aber die sternenübersäte Weite der Düsternis machte den Laut so entsetzlich, dass er mit Worten nicht zu beschreiben war.

„Hilfe!", rief Helga. „Mein Vater liegt im Sterben."

Mit einem Schritt erreichte ich die Seite der Pritsche und kniete neben ihm nieder, aber von seinem Gesicht war nichts weiter zu sehen als das schwache Weiß, und ich konnte nicht sagen, ob seine Augen offen waren oder nicht. Ich nahm an, dass ein Gläschen dem armen Kerl vielleicht etwas Leben einhauchen könnte, hoffte es aber kaum, und ließ die Bullaugenlampe von der Mastspitze herab, um nach einem der Schnapsgläser zu suchen, die wir verstaut hatten; aber als wir ihm das Blechgefäß an die Lippen halten wollten , sahen wir, dass er die Zähne zusammengebissen hatte.

„Er ist nicht tot, Helga", rief ich. „Er hat einen Anfall. Wenn er tot wäre, würde ihm die Kinnlade runterfallen." Das nahm ich an, obwohl ich damals kaum etwas über den Tod wusste.

Ich richtete den Blitz auf sein Gesicht und bemerkte, dass seine Augen zwar offen waren, die Pupillen aber nach oben gerichtet und verborgen waren. Zusammen mit der Blässe seiner Haut und der Auszehrung seiner Gesichtszüge ergab dies ein gespenstisches Bild seines Gesichtsausdrucks, und das hysterische Schluchzen, das Helga ausstieß, als sie ihn ansah, ließ mich bedauern, dass ich das Licht auf ihren Vater geworfen hatte.

Ich machte die Lampe wieder an und hockte mich neben die Pritsche, um mit Helga über die darin liegende Gestalt hinweg zu sprechen. Wer könnte sich in einem solchen Moment daran erinnern, was gesagt wurde? Ich versuchte schwach, sie aufzumuntern, gab es aber bald auf, denn hier lag die Gestalt des Todes selbst zwischen uns, und dort erwartete uns der Tod in den schwarzen, unsichtbaren Falten, in denen wir schwangen; und was hatte ich zu sagen, das ihr in einem solchen Moment das Herz heben konnte? Gelegentlich stand ich aufrecht und spähte umher. Der schwache Wind, der stöhnend an uns vorbeifegte, als das Floß sich in die flüssige Woge erhob, hatte die Kälte des Ozeans im Oktober in sich; und da ich befürchtete, dass Helgas Jacke sie nicht ausreichend schützte, zog ich meinen Ölmantel aus – es gibt keine wärmere Decke für normale Kleidung – und überredete sie, ihn anzuziehen. Ihr Vater blieb reglos, aber indem ich mein Ohr an seinen Mund legte, konnte ich das Geräusch seines Atems hören, der durch seine geballten

Zähne zischte. Und doch war es eine Art Atmen, bei dem man erwartet hätte, es jeden Moment in einem letzten Seufzer verklingen zu hören.

Ich mischte ein wenig Spiritus mit Wasser und gab es dem Mädchen, zwang sie, den Trank zu schlucken, und bat sie, zu essen, um des Lebens und des Herzens willen, das ihr die Nahrung geben würde; aber sie sagte „Nein", und ihr häufiges stilles Schluchzen brachte mich in dieser Hinsicht zum Schweigen, denn wie könnte jemand, der so trauerte wie sie, Essen schlucken? Ich füllte mir den Topf und leerte ihn, aß einen Keks und ein Stück Käse, die in einer Lücke des Floßes neben meiner Hand lagen, und legte mich dann neben die Pritsche, den Kopf auf den Ellbogen gestützt. Niemals schienen mir die Sterne so hoch, so unendlich weit weg wie in dieser Nacht. Ich fühlte mich, als wäre ich in eine andere Welt übergegangen, die die Sinne mit ein paar schwachen Ähnlichkeiten mit Dingen verspottete, die mir noch vor kurzem real und vertraut gewesen waren. Selbst die Mondsichel erschien klein, als würde man sie durch ein umgekehrtes Teleskop betrachten, und unendlich weit weg. Ich weiß nicht, warum das so war, doch als ich später einmal mit einem Mann über dieses Erlebnis sprach, der in einer ähnlichen Nacht auf einer Reise nach Indien über Bord gefallen und drei Stunden lang geschwommen war, erzählte er mir, die Sterne seien für ihn wie für mich ausgesehen haben und der Mond, der für ihn fast voll war, schien auf die Größe des Planeten Venus geschrumpft zu sein.

Nach einer Weile wurde der Atem des Kapitäns ruhiger und Helga bat mich, die Lampe zu holen, damit sie ihn ansehen könne. Seine Zähne waren nicht mehr aufeinandergepresst und seine Augen waren wie in der Natur, nur dass sie nichts Erkennendes darin sahen. Ich bemerkte, dass er direkt in das helle Glas mit der vergrößerten Flamme starrte, ohne zu blinzeln oder den Blick abzuwenden. Ich stützte ihn auf und Helga legte ihm das Schälchen an die Lippen, aber die Flüssigkeit lief aus den Mundwinkeln. Daraufhin ließ ich ihn auf seinen Kissen ruhen und bat das Mädchen leise, Gott mit ihm machen zu lassen, was er wollte.

„Er kann die Nacht nicht durchstehen!", rief sie leise aus, und die wunderbare Stille auf dem Meer, ungestört durch das sanfte Sieben des Luftzuges, verstärkte meine Stimmung außerordentlich, da ich ihre leisen Äußerungen so deutlich hören konnte, als würde sie in einem Krankenzimmer flüstern.

„Bist du bereit, Helga?", sagte ich.

„Nein, nein!", rief sie mit einem kleinen Schluchzen. „Wer kann darauf vorbereitet sein, einen geliebten Menschen zu verlieren? Wir glauben, wir sind darauf vorbereitet – wir beten um Kraft, aber wenn der Schlag uns trifft, sind wir schwach und unvorbereitet. Wenn er weg ist, werde ich allein sein. Und, oh! *Hier zu sterben* !"

Wir versanken in Schweigen.

Eine weitere Stunde verging, und ich glaubte, in einen leichten, unruhigen Schlummer gefallen zu sein, weniger schlaftrunken als ein Tagtraum im Wachzustand, als ich die Aussprache meines Namens hörte und sofort aufschreckte.

„Was ist los?“, rief ich.

„Mein Vater fragt nach dir“, antwortete Helga.

Ich beugte mich über das Feldbett und tastete nach seiner Hand, die ich ergriff. Sie war totenkalt und feucht.

„Ich bin hier, Kapitän Nielsen“, sagte ich.

„Wenn Gott Sie bewahrt“, rief er ganz schwach aus, „werden Sie dann Ihr Wort halten?“

„Seien Sie sich dessen sicher – seien Sie sich dessen sicher“, sagte ich, wohl wissend, dass er sich auf das bezog, was zwischen uns wegen Helga vorgefallen war.

„Ich danke dir“, flüsterte er. „Mein Blick scheint dunkel zu sein. Aber ist das dort unten nicht der Mond?“

„Ja, Vater“, antwortete das Mädchen.

„Helga“, sagte er, „hast du mir nicht erzählt, dass du das Abbild deiner Mutter mitgebracht hast?“

„Es ist bei uns, und ihre Bibel, Vater.“

„Wollte Gott, ich könnte es mir ansehen“, sagte er, „zum letzten Mal, Helga – zum letzten Mal!“

„Wo ist das Paket?“, fragte ich.

„Ich habe es dicht neben mir“, antwortete sie.

„Mach es auf, Helga!“, sagte ich. „Die Lampe wird das Bild enthüllen.“

Wieder senkte ich das Bullauge vom Mast, und während Helga das Bild vor das Gesicht ihres Vaters hielt, beleuchtete ich es. Es war ein kleines Ölgemälde in einem ovalen, vergoldeten Rahmen. Ich konnte nicht mehr erkennen als das Gesicht einer Frau – ein junges Gesicht – mit einer Krone aus gelbem Haar auf dem Kopf. Der Schein der Lampe lag schwach auf Helgas Profil. Alles andere, außer dem Bild, lag im Dunkeln, und das Mädchen wirkte wie eine Erscheinung in der Schwärze hinter ihr, als sie mit dem Porträt vor dem Gesicht ihres Vaters kniete.

Er sprach sie mit schwacher und gebrochener Stimme auf Dänisch an, drehte dann den Kopf und hob leicht den Arm, als wolle er auf etwas oben im Himmel zeigen, aber seine Gliedmaßen hätten nicht die Kraft dazu. Daraufhin zog Helga das Porträt zurück und ich stellte die Lampe ab, suchte zuerst den dunklen Streifen des Ozeans ab, der jetzt von Sternen übersät war, bevor ich mich wieder hinsetzte.

Als der Mond unterging, schien die Nacht trotz seines schwachen oder gar keinen Lichts dunkler zu werden. Es gab viele Sternschnuppen, und das war ein Zeichen, wie ich hoffte, dass das Wetter anhielt. Hier und da schwebte ein dampffarbenes Wölkchen . Ein Anflug von fast sommerlicher Heiterkeit lag über dem Antlitz des Himmels, und obwohl die Schwere des Ozeans in der Dünung lag, herrschte auch Frieden in der Regelmäßigkeit seines Laufs und in der lautlosen Bewegung, die er uns mitnahm und das Floß wie eine Wippe hin und her kippen ließ.

In einem Boot, an Bord eines anderen Gefährts als dieses von unerfahrenen Händen zusammengebauten Floßes, muss ich dankbar gewesen sein — wahrlich zutiefst dankbar gegenüber Gott für diese süße Stille der Luft und des Meeres, die auf den tosenden Konflikt der nun vergangenen langen Stunden gefolgt war. Aber ich hatte keine Hoffnung, und es kann keine Dankbarkeit ohne dieses Gefühl geben. Es waren die letzten Oktobertage; der November stand vor der Tür; innerhalb einer Stunde konnte sich dieser träge Lufthauch zu einem weiteren Hurrikan entwickeln, wie wir ihn gerade erlebt hatten. Und was dann? Nun, es war unmöglich, sich so etwas auch nur vorzustellen, ohne dass einem die Stimmung schwer wie Blei wurde und man in der Kälte der Nachtluft die Gegenwart des Todes spürte.

Nein! Gott vergib mir diese ruhige Phase! Ich konnte keine Dankbarkeit empfinden. Der Feigling in mir erhob sich. Ich konnte dem Himmel nicht dafür danken, dass es für mich wie eine kurze Pause vor einem schrecklichen Ende war, dass diese Stille der Nacht mich nur noch länger und damit noch schmerzvoller machen würde.

Kapitän Nielsen begann zu murmeln. Ich brauchte ihm nicht länger als eine Minute zuzuhören, um zu erkennen, dass er im Delirium war. Ich konnte Helgas Umrisse vor den Sternen sehen, wie sie über die Pritsche gebeugt war. Der Gedanke an die Not dieses heldenhaften Mädchens, an ihre komplizierte Qual, raffte mich auf, und ich machte mir in leidenschaftlicher Selbstvorwürfe die Erniedrigung meiner Niedergeschlagenheit. Ich ging zur Pritsche, und Helga sagte:

„Er schweift in Gedanken ab." Sie fügte mit einem Anflug von Wehklagen in der Stimme hinzu: „Jeg er nu alene ! Jeg er nu alene !", womit sie zu verstehen gab, dass sie nun allein war. Ich begriff die Bedeutung des Satzes anhand ihrer Aussprache und rief:

„Sag nicht, dass du allein bist, Helga! Außerdem lebt dein Vater noch. Hör! Was sagt er?“

Bisher hatte er Dänisch plappernd vor sich hin , jetzt sprach er Englisch, mit einer seltsamen Stimme, die klang, als käme sie von jemandem aus der Ferne.

„So ist es, sehen Sie. Die Störche sind im letzten Frühjahr nicht zurückgekehrt. Es musste Ärger geben! – es musste Ärger geben! Ha! Hier ist Pastor Madsen. Else, meine geliebte Else! Hier ist der gute Pastor Madsen. Und dort ist auch Pfarrer Grönlund. Wird er uns beobachten? Else, er ist tief in seinem Buch vertieft. Schauen Sie!“, rief er ein wenig schrill und deutete mit einer Heftigkeit, die mich erschreckte und mich dazu brachte, der Richtung seiner schattig schimmernden Hand zu folgen, die in die Dunkelheit über dem Meer gerichtet war. „Es ist die Lateinschule von Kolding – nein, es ist der Pfarrgarten von Pfarrer Grönlund. Ah, Pfarrer, erinnern Sie sich an mich? Dies ist die kleine Else, die Ihre gute Frau für das hübscheste Kind in Dänemark hielt. Und dies ist Pfarrer Madsen.“

Er hielt inne, murmelte dann etwas auf Dänisch und verstummte.

KAPITEL IX.

GERETTET.

Das ist eine Sache, die man sich leicht merken kann, aber wie soll ich die Realität vermitteln? Was soll ich in Tinte vor Ihnen schildern, um Ihnen diese weite Szene der sternenbeleuchteten Düsternis vor Augen zu führen, die düsteren Formen der Dünung , die immer lautlos auf uns zurollten – kein Geräusch außer dem gelegentlichen Knarren des Floßes, als es schwankte – die reglosen, schwarzen Umrisse von Helga und mir, die über dem bleichen Streifen des Feldbetts hingen – in Abständen ein leises Schluchzen aus dem Herzen des Mädchens und das überwältigende Gefühl der gegenwärtigen Gefahr, der Hoffnungslosigkeit, das durch die Nacht noch schwärzer wurde? Und inmitten all dessen das verrückte Gebrabbel des sterbenden Dänen, mal auf Englisch, mal in seiner Muttersprache!

Es war gerade ein Uhr morgens, als er starb. Ich hatte meine Uhr zur Lampe gebracht, als er so stöhnend atmete, dass ich mein Ohr an seine Lippen beugen musste. Ich merkte, dass er aufgehört hatte zu atmen. Ich hörte weiter zu und richtete dann, um sicherzugehen, das Licht der Lampe auf ihn.

„Er ist weg!", rief Helga.

„Gott hat ihn zu sich geholt", sagte ich. „Komm her und setz dich zu mir!"

Sie tat, was ich verlangte, und ich nahm ihre Hand. Ich erkannte an ihrem Atem, dass sie weinte, und ich schwieg, bis sie ihrem Kummer freien Lauf gelassen hatte. Dann sprach ich von ihrem Vater und stellte fest, dass seine Leiden ihn aller Wahrscheinlichkeit nach fast ebenso schnell an Land gebracht hatten; dass er einen friedlichen Tod gestorben war, mit seiner Tochter an seiner Seite und seiner Frau und seinem Heim in einer Vision vor seinen Augen; und sagte, dass wir, weit davon entfernt zu trauern, es als Gnade betrachten sollten, dass er so leicht von uns gerufen worden war, denn wer konnte sich vorstellen, was vor uns lag – welche Leiden, die ihn sicherlich später getötet haben mussten?

„Ihm brach das Herz, als seine Barke sank", sagte sie. „Ich hörte es an seinem Schrei."

Dies könnte durchaus auch der Fall gewesen sein.

Noch nie war die Nacht so lang. Der Mond war hinter dem Meer, und als er verschwunden war, schien der Lauf der Sterne zum Stillstand gekommen, als hätte die Natur dem Universum „Halt!" zugerufen. Nachdem ich die Lampe hochgehalten hatte, beschloss ich, sie dort zu lassen, denn ich war jetzt von einem so abergläubischen Gedanken besessen, der einen Schiffbrüchigen durchaus beeinflussen könnte, nämlich dass, wenn ich sie wieder herunterließe, kein Schiff auftauchen würde. Um die Zeit zu bestimmen, musste ich daher ein Streichholz anzünden, und jedes Mal, wenn ich das tat , starrte ich auf meine Uhr, hielt sie an mein Ohr und zweifelte an der Genauigkeit meiner Augen, so unbeschreiblich langsam vergingen diese Stunden.

Helgas Schluchzen hörte auf. Sie saß an meiner Seite und sprach kaum noch, nachdem wir unser erstes Gespräch beendet hatten, als sie zu mir kam. Ich wünschte, sie möge schlafen, und sagte ihr, ich könne ihr leicht ein Lager machen, und mein Ölzeug würde sie vor dem Tau schützen. Ich hielt noch immer ihre Hand, als ich das sagte, und ich fühlte, wie sie erschauerte, als sie antwortete, sie könne sich nicht hinlegen, sie könne nicht schlafen. Vielleicht fürchtete sie, ich würde den Körper ihres Vaters aufwühlen, um ein Bett für sie zu machen; und tatsächlich war nichts auf dem Floß außer dem Mantel des armen Kerls und seinen Kissen und Decken, aus denen ich ein Bett hätte machen können.

Wäre ich sicher gewesen, dass er tot war, hätte ich die Leiche im Dunkeln über Bord geworfen, sodass Helga nicht hätte sehen können, was ich tat. Aber ich hatte nicht den Mut, ihn zu begraben, nur weil ich glaubte, er sei tot, denn er lag regungslos da. Und ich dachte ständig darüber nach, wie ich es bei Tagesanbruch anstellen sollte - wie ich mit der Leiche umgehen sollte, um der armen Helga so wenig wie möglich zu schockieren und Schmerzen zu bereiten.

Als wir nebeneinander saßen, spürte ich einen leichten Druck ihrer Schulter auf meinem Arm und nahm an, dass sie eingeschlafen war, aber auf mein Flüstern antwortete sie sofort. Ich wusste, dass das tapfere Mädchen todmüde sein musste, aber der Schlaf konnte ihre Augen nicht erreichen, deren Blick, wie ich leicht vermuten konnte, immer wieder auf die schwache blasse Gestalt des Feldbetts gerichtet war.

Gegen drei Uhr morgens drehte die leichte Luft nach Nordwesten und brachte eine leichte Brise, die die Sternchen auslöschte, die hier und da auf der Dünung ritten, und ein Geräusch von klirrendem, plätscherndem Wasser an den Seiten des Floßes verursachte. Ich erriet diese neue Windrichtung anhand eines hellen grünlichen Sterns, der im Kielwasser des Mondes gehangen hatte und nun tief im Westen stand. Diese leichte Brise weckte ein wenig Hoffnung in mir, und ich stand immer wieder auf, um in die Richtung zu spähen, aus der sie wehte, in der Erwartung, den blassen Schatten eines Schiffes zu erspähen. Einmal zuckte Helga zusammen und rief:

„Psst! Ich glaube, ich höre das Brummen der Motoren eines Dampfers!"

Wir standen beide Hand in Hand auf, denn das Schwanken des Floßes machte es zu einer gefährlichen Plattform, und ich lauschte angestrengt. Es hätte ein Dampfer sein können, aber es gab keinen dunklen Fleck auf der Dunkelheit der Seelinie ringsum, der es hätte erkennen lassen, und auch keinen Schimmer einer Laterne. Doch fast eine Viertelstunde lang lauschten wir in quälender Aufmerksamkeit und nahmen dann wieder unsere Plätze nebeneinander ein.

Endlich brach die Morgendämmerung an und vertrieb, wie es meiner müden, verzweifelten Vorstellungskraft schien, einen langen Monat ewiger Nacht. Das kalte Grau kam langsam und schleichend und es dauerte lange, bis es sich in das Silber und Rosa des Sonnenaufgangs verwandelte. Meine erste Tat bestand darin, das Meer nach einem Schiff abzusuchen, und dann ging ich zur Pritsche und betrachtete das Gesicht auf den Kissen darin. Wenn ich den Tod nie zuvor gesehen hätte, würde ich ihn jetzt vielleicht erkennen. Ich wandte mich dem Mädchen zu.

„Helga", sagte ich sanft, „Sie können sich vorstellen, was meine Pflicht ist – Ihretwegen, meinetwegen und auch seinetwegen."

Ich sah sie ernst an, während ich sprach: Sie war totenbleich, hager, ihre Augen waren rot und entzündet vom Weinen, und ihr Ausdruck war von herrlicher, rührender Trauer und Trauer geprägt. Doch die Süße ihres jungen Gesichts war selbst in dieser erhabenen Zeit dominant und, in Verbindung mit den sichtbaren Zeichen des Elends in ihrem Aussehen, erhob die bloße Schönheit ihrer Züge zu einer traurigen Schönheit, die mich eher als eine spirituelle denn als eine physische Offenbarung beeindruckte.

„Ja, ich weiß, was getan werden muss", antwortete sie. „Lass mich ihn zuerst küssen."

Sie näherte sich dem Bett, kniete daneben und legte ihre Lippen auf die ihres Vaters. Dann hob sie ihre gefalteten Hände über den Kopf, blickte nach oben und rief: „ *Ich bin ein Faderlös ! Gute Hilfe !" mig !'*

Ich stand abseits und wartete, konnte kaum atmen vor Mitleid und Trauer, die mir die Kehle zuschnürten. Es ist unmöglich, sich den klagenden Ton ihrer Stimme vorzustellen, als sie diese dänischen Worte aussprach: „ *Ich bin vaterlos! Gott hilf mir!* " Dann verbarg sie ihr Gesicht in ihren Händen und blieb kniend und betend.

Nach einigen Minuten stand sie auf, küsste das weiße Gesicht noch einmal und setzte sich mit dem Rücken auf die Pritsche.

Niemand hätte mir eine schmerzhaftere, abstoßendere Arbeit nennen können als die, den Körper dieses armen dänischen Kapitäns anfassen und ihn in das unergründliche Grab werfen zu müssen, auf dessen Oberfläche wir lagen. Zuerst musste ich die Seile entfernen, die unser kleines Bollwerk bildeten, damit ich die Pritsche über Bord schieben konnte; dann band ich die Gestalt mit einigen Leinenenden in der Pritsche fest, damit sie beim Werfen nicht davontrieb. Die Arbeit hielt mich dicht an der Leiche, und obwohl er dünn und weiß war, sah er so lebensecht aus und hatte einen so widerstrebenden Ausdruck, dass mein Entsetzen merklich von einem Schuldgefühl durchzogen war, als ob ich ihn ertränken wollte, anstatt ihn zu begraben.

Ich tat Helga zuliebe so schnell wie möglich Bescheid, hielt aber inne, als die Pritsche fertig war, um mich nach einem Senkblei umzusehen. Ich konnte nichts außer den Krügen sehen, und da sie unseren kleinen Vorrat an Spiritus und Süßwasser enthielten, waren sie viel zu kostbar, um sie auf den Grund zu schicken. Ich konnte nur hoffen, dass die Leinwand schnell vollgesogen würde, sich dann füllte und sank; also legte ich meine Hände an die Pritsche, zog sie an den Rand des Floßes, ging um das Floß herum und stieß.

Es war schon halb über Bord, als eine riesige schwarze Ratte zwischen den Decken hervorsprang und unter dem Lukendeckel verschwand. Ich hatte keinen Zweifel, dass es dieselbe Ratte war, die an Bord der Barke von meiner Schulter gesprungen war . Wenn sie mich damals erschreckt hatte, können Sie sich vorstellen, welchen Schock sie mir jetzt einjagte! Ich stieß einen Schrei aus in der momentanen Bestürzung, die diese tierische Erscheinung von Leben in mir auslöste, die sozusagen aus der Gestalt und Reglosigkeit des Todes hervorblitzte, und Helga schaute und rief, um zu erfahren, was los sei.

„Nichts, nichts", antwortete ich. „Wende deine Augen von mir ab, Helga!"

Sie nahm sofort ihre vorherige Haltung wieder ein und bedeckte ihr Gesicht mit den Händen. Im nächsten Augenblick hatte ich die Pritsche ins Meer gestoßen, und sie glitt doppelt oder dreimal so weit wie ihre eigene Länge und lag auf und ab, allem Anschein nach so schwimmfähig wie das Floß selbst. Ich wusste, es würde sinken, sobald die Plane und die Decken durchnässt wären, doch das könnte eine Weile dauern, und aus Angst, Helga könnte hinsehen – denn Sie können sich leicht vorstellen, wie schrecklich der Anblick ihres Vaters auf der Plane treibend, sein Gesicht deutlich durch die Schnürung des Seils zu sehen, für das Mädchen sein musste – ging ich zu ihr und legte meinen Arm um sie und zwang sie so, aber ohne ein Wort zu sagen, ihr Gesicht von mir wegzuwenden. Ihrer Passivität entnahm ich, dass sie mich verstand. Als ich noch einmal hinsah, war die Pritsche im Begriff zu sinken; nach ein paar Herzschlägen war es verschwunden, und bis zum Himmel war alles nur noch leerer Ozean – ein Anblick kleiner, blitzender und federnder Kräuselwellen, aber herrlich wie geschmolzenes und glitzerndes Silber im Osten unter der hoch aufgehenden Sonne.

Ich nahm meine Hand von Helgas Schulter. Sie sah mich an und seufzte schwer, aber es flossen keine Tränen mehr. Ich glaube, sie hatte sich die Seele aus dem Leib geweint!

„Mit welchen Worten soll ich Ihnen für Ihre Freundlichkeit und Ihr Mitgefühl danken?", fragte sie. „Mein Vater und meine Mutter schauen auf uns herab und werden Sie segnen."

„Wir müssen auf unsere Rettung hoffen, Helga", sagte ich und zwang mich, einen heiteren Ton in meine Stimme zu legen. „Du wirst Kolding wiedersehen, und ich hoffe, es an deiner Seite auch zu sehen." Und um sie von ihrem Kummer abzulenken, erzählte ich ihr von meinem Versprechen an ihren Vater und wie glücklich es mich machen würde, sie nach Dänemark zu begleiten.

„Ich war zu sehr häuslich", sagte ich. „Du gibst mir einen guten Vorwand für einen Streifzug, Helga; aber zuerst wirst du meine liebe alte Mutter kennenlernen und einige Zeit mit uns verbringen. Ich soll dein Leben retten, weißt du. Aus diesem Grund bin ich hier." Und so redete ich weiter mit ihr und zauberte ihr hin und wieder ein leichtes, trauriges Lächeln auf die Lippen; aber es war leicht zu erkennen, wo ihr Herz war; die ganze Zeit warf sie Blicke auf das Meer in der Nähe des Floßes, wo sie vermuten konnte, dass das Feldbett gesunken war, und zweimal hörte ich, wie sie sich denselben leidenschaftlichen, trauernden Satz zuflüsterte, den sie ausgesprochen hatte, als sie das tote Gesicht ihres Vaters küsste: „ *Ich bin ein Faderlös ! Gute Hilfe !"* *mig !'*

Der Morgen verging. Sehr bald, nachdem ich den Kapitän begraben hatte, ließ ich die Lampe herunter und schickte die dänische Flagge, die wir mitgebracht hatten, an die Spitze des kleinen Mastes, wo sie tapfer wehte, und versprach, kühn jeden vorbeikommenden Blick zu umwerben, der zu weit weg sein könnte, um einen Blick auf unsere flache Floßplattform zu erhaschen. Dann bereitete ich das Frühstück zu und überredete Helga, zu essen und zu trinken. Irgendwie, ob es nun daran lag, dass der kranke, klagende Kapitän mit seiner deprimierenden Todesdrohung fort war, oder an dem strahlenden Sonnenschein, dem hohen Marmor des Himmels, voll von schönem Wetter, und der Stille des Meeres mit seinem sanften Wogen der Dünung und dem Glitzern der prismatischen Kräuselungen, fühlte sich mein Herz etwas leichter an, meine Last der Verzweiflung war leichter zu tragen, war weniger niederdrückend für meine Stimmung. Was ich hoffen sollte, wusste ich nicht. Ich brauchte keine besondere Weisheit, um zu ahnen, dass wir, wenn wir nicht schnell von diesem Floß befreit wurden, ebenso sicher dem Untergang geweiht waren, als hätten wir uns an die Barke geklammert und wären in ihr untergegangen. Trotzdem keimte in mir ein Hoffnungsschimmer. Es schien unmöglich, dass uns noch vor Tagesende irgendein Schiff passieren würde. Wie weit wir während des Sturms nach Süden und Westen getrieben waren, hätte ich nicht sagen können, aber ich konnte mir sicher sein, dass wir uns nicht weit von der Mündung des Ärmelkanals entfernt befanden und daher auf dem Weg der ein- und auslaufenden Schiffe, insbesondere der Dampfer, die portugiesische und mediterrane Häfen ansteuerten.

Doch Stunde um Stunde verging, und nichts kam in Sicht. Die Sonne schwebte von ihrem Meridian nach Westen, und noch immer blieb der Horizont eine leere, nahe, wogende Linie, während der Himmel bis zum Meeresrand hin immer weißer wurde. Immer wieder suchte Helga die Grenze, so wie ich es tat. Seite an Seite standen wir, sie hielt meinen Arm, und gemeinsam blickten wir langsam über die Tiefe.

„Es ist seltsam!", sagte sie einmal, nachdem sie lange und durstig den Blick versperrt hatte. „Wir sind nicht mitten im Ozean. Nicht einmal der Rauch eines Dampfers ist zu sehen!"

„Unser Horizont ist eng", antwortete ich. „Überschreitet er drei Meilen? Ich würde sagen, nein, außer wenn die Dünung uns hochhebt, und dann können wir vielleicht vier Meilen sehen. Vier Meilen Meer!", rief ich. „In drei Meilen Entfernung von uns können sich ein Dutzend Schiffe befinden, alle von der Großmarse der *Anine aus gut zu sehen* , wenn sie schwimmt. Aber was, abgesehen von einem geraden Kurs für das Floß, könnte diesen Holzfleck, auf dem wir stehen, in Sicht bringen? Dies ist die Art von Situation, die einem klar macht, was die Unermesslichkeit des Ozeans bedeutet."

Sie schauderte und faltete die Hände.

„Dass ich – dass wir", rief sie langsam und fast leise sprechend, „Sie in diese Lage gebracht haben sollten, Mr. Tregarthen! Es war unser Schicksal, aber es sollte nicht Ihres sein!"

„Sie haben mich gebeten, Sie Helga zu nennen", sagte ich, „und Sie müssen mir meinen Vornamen nennen."

„Was ist es?", fragte sie.

„Hugh."

„Das ist ein hübscher Name. Wenn wir verschont bleiben, wird er mir ein schönes Andenken bleiben, solange ich lebe."

Sie sagte dies mit einer erlesenen Arglosigkeit, mit einem Ausdruck wunderbarer Süße und Sanftheit in ihren Augen, die mutig auf mich geheftet waren, und dann ergriff sie plötzlich meine Hand, legte ihre Lippen darauf und presste sie an ihr Herz, ließ sie wieder fallen und drehte ihr Gesicht dem

Wasser zu, auf der Seite des Floßes, auf der der Körper ihres Vaters gesunken war.

Meine Stimmung, die mir einigermaßen gut gefiel, während die Sonne hoch am Himmel stand, sank, als sie unterging. Die Aussicht auf eine weitere lange Nacht auf dem Floß und auf alles, was in einer Nacht passieren könnte, war unerträglich. Ich hatte die Planken, wie ich glaubte, fest zusammengebunden, aber das ständige Spiel der Dünung würde dies mit der Zeit sicherlich bemerkbar machen. Eine der Fesseln könnte durchscheuern, und in einer Minute würde das ganze Gewebe unter unseren Füßen auseinanderfallen wie die Dauben eines Ofenboots, und uns bliebe nichts weiter übrig als ein Brett, an dem wir uns festhalten konnten, inmitten dieses großen Meeres, das den ganzen Tag lang ohne Schiffe gewesen war. Ich bedauerte oft bitter, dass ich kein Segel von der Barke mitgebracht hatte , denn die Luft, die den ganzen Tag gleichmäßig wehte, wehte landeinwärts, und es hatte kein Gewicht, um das schwächste Gewebe wegzutragen, das wir hätten errichten können. Ein Segel hätte uns eine Möglichkeit gegeben, abzudriften, hätte vielleicht dazu geführt, dass wir kein Schiff sehen konnten, und in jedem Fall hätte es das unerträgliche Gefühl hilfloser Gefangenschaft gemildert, das einen überkam, wenn man daran dachte, dass das Floß ohne einen Zentimeter Abstand trieb und, so schien es, den ganzen Tag lang über genau jener Stelle im Wasser hing, an der Helgas Vater sein Grab gefunden hatte.

Kurz vor Sonnenuntergang erblickte Helga im Südwesten ein Segel. Es war ein hauchdünner Perlenstab, der über dem Meeresrand schimmerte und für uns nur sichtbar war, wenn uns das ruhige Wogen des Meeres hochhob. Es war nicht mehr als die oberste Segeltuchplane eines Schiffes, und bevor die Sonne unterging, war der schwache, sternengleiche Glanz dieser Tücher in der Atmosphäre verschwunden.

„Du musst heute Nacht ein bisschen schlafen, Helga", sagte ich. „Dein Wachbleiben wird uns nicht retten, wenn wir ertrinken, und wenn wir gerettet werden, wird der Schlaf dir Kraft geben. Die Nachwirkungen dieser Art von Entblößung und seelischer Qual sind zu fürchten."

„Werde ich auf dieser kleinen, wackligen Plattform schlafen können?", rief sie aus und ließ ihre Augen, die dunkel vor dem schwachen Scharlachrot im Westen leuchteten, über das Floß gleiten. „Sie bringt einen so furchtbar nahe an die Meeresoberfläche. Die Kälte des Grabes selbst scheint daraus hervorzugehen."

„Du redest wie ein Mädchen, jetzt, wo du wie eines gekleidet bist, Helga. Der herzhafte junge Matrose, den ich an Bord der *Anine* traf , hätte in dieser Angelegenheit nichts weiter als ein Floß und Salzwasser gefunden und hätte es hier genauso bequem „geplankt" wie in seiner Kajüte."

„Es hat Ihnen nicht gefallen, mich in Jungenkleidern zu sehen“, sagte sie.

„Du bist ein ganz bezaubernder Junge gewesen, Helga, aber so wie du bist, mag ich dich am liebsten.“

„Kein Fremder hätte mich so gekleidet sehen dürfen“, rief sie in einem Tonfall aus, der mir ein wenig Röte in ihren Wangen vorkam, obwohl in der Dämmerung, die sich um uns gelegt hatte, nichts davon zu sehen war. „Mir war egal, was die Kameraden und die Mannschaft dachten, aber ich konnte nicht ahnen –“, stammelte sie und fuhr fort: „Als ich in der Bucht sah, was das Wetter wahrscheinlich bringen würde, beschloss ich, mein Jungenkleid anzubehalten, besonders nachdem dieser elende Mann, Damm, mit den anderen weggefahren war, denn dann wäre die *Anine* für das, was passieren könnte, sehr unterbesetzt; und wie hätte ich in diesem Aufzug von Nutzen sein können?“ Und sie griff nach ihrem Kleid und blickte hinein.

„Ich habe schon gehört“, sagte ich, „dass Mädchen Seemannsarbeit verrichten, aber nicht aus Liebe dazu. In den alten Liedern und Geschichten wird dargestellt, dass sie hauptsächlich deshalb zur See fahren, um flüchtige Lieblinge zu jagen.“

„Sie halten mich für unweiblich, weil ich die Rolle eines Seemanns spiele?“, sagte sie.

„Ich denke an dich, Helga“, sagte ich und nahm sie bei der Hand, „als ein Mädchen mit dem Herzen einer Löwin. Aber wenn ich es einmal schaffe, dich sicher in Kolding an Land zu bringen, wirst du hoffentlich nicht wieder zur See fahren?“

Sie seufzte, ohne zu antworten.

Außer dem Mantel ihres Vaters und meinem Ölzeug hatte ich nichts, um ihr ein Lager zu machen. Als ich sie drängte, sich etwas auszuruhen, flehte sie mich leise an, sie möge weiterreden und sitzen bleiben – sie sei schlaflos – es erleichtere ihr das Herz, mit mir zu reden – es lägen noch viele Stunden Dunkelheit vor uns – und bevor sie einwillige, sich hinzulegen, müssten wir Wache halten, da ich auch Ruhe brauche.

Ich war tatsächlich bereit, sie an meiner Seite zu halten und mit ihr zu reden. Die Angst vor der Einsamkeit, die, wie ich wusste, von dem weiten, dunklen Meer in mein Gehirn kommen würde, wenn sie still und schlafend wäre und es nichts als die Sterne und den kalten und gespenstischen Schimmer der Ebenholzbrust, auf der wir lagen, zu sehen gäbe, war stark in mir. Ich stellte die Ochsenaugenlampe auf, breitete den Mantel des armen dänischen Kapitäns aus, und wir setzten uns darauf, und zwei lange Stunden lang unterhielten wir uns miteinander, wobei sie mir ihre Lebensgeschichte erzählte und ich mit ihr über mich plauderte. Ich hörte ihr mit Interesse und

Bewunderung zu. Ihre Stimme war rein, mit einem Hauch von klagender Süße darin, und ab und zu sprach sie einen Satz auf Dänisch und übersetzte ihn dann. Vielleicht war die mädchenhafte Natur, die ich jetzt in ihr entdeckte, in meiner Wertschätzung noch verstärkt worden durch die Erinnerung an ihre jungenhafte Kleidung, ihr Auftreten an Bord der Barke , die Arbeit, die sie dort verrichtete, und die Art von Rauheit, die man mit dem Seehandel verbindet, ob sie nun auf den Einzelnen zutrifft oder nicht; doch, so dachte ich, war ich noch nie in der Gesellschaft einer Frau gewesen, deren Unterhaltung und Benehmen so einnehmend waren und die sich durch so viel Zartheit, Reinheit, Einfachheit und Aufrichtigkeit auszeichnete wie die von Helga.

Auch diese Nacht war vergangen, nur dass die Dünung des Ozeans in ihrer Lautstärke noch die Sanftheit der langen Stunden schönen Wetters aufwies, während sie in der Nacht zuvor noch wie in Erinnerung an den erbitterten Kampf geatmet hatte, der vorüber war.

Kurz nach Mitternacht war im Westen ein roter Mondstreifen zu sehen, und es war trotz des Silberregens der zahlreichen Sterne eine sehr dunkle Stunde. Ich hatte für Helga die beste Art von Liege gemacht, die ich herstellen konnte, und zu diesem Zeitpunkt lag sie darauf und schlief tief, wie ich an der Regelmäßigkeit ihrer Atmung erkannte. Das Gefühl der Einsamkeit, das ich fürchtete, hatte mich überkommen, seit sie sich hingelegt hatte und mich der einsamen Betrachtung unserer Situation überließ. Ein leichter Wind wehte aus Nordwest, und unter meinen Füßen war in den Spalten des plump zusammengebauten Floßes ein lautes Plätschern des Wassers zu hören. Ich hatte Helga versprochen, sie um drei zu rufen, aber ich hatte nicht die Absicht, mein Wort zu halten, wenn sie schlief, und so saß ich neben ihrem Kopf, ihr blasses Gesicht schimmerte aus der Dunkelheit, als ob es gespenstisch aus sich selbst leuchtete, und ständig ließ ich meine Augen über das Meer schweifen und richtete meinen Blick auf die kleine Laterne am Masttopp, um zu wissen, dass sie brannte.

Als ich zufällig meinen Blick auf das Floß richtete, in einen Zwischenraum dicht neben der Stelle, wo der Lukendeckel befestigt war, erspähte ich etwas, das ich im Moment für ein Paar Glühwürmchen gehalten hätte, winzig, aber deutlich erkennbar. Dann glaubte ich, dass dort ein kleiner Wassertümpel war, in dem sich ein paar Sterne spiegelten. Einen Moment später ahnte ich, was es war, und in einem wahren Rausch des Aberglaubens, der sich in mir regte und mich in vielen Gedankenrichtungen beeinflusste, seit ich die Barke verlassen hatte , legte ich meine Hand auf die große Ratte – denn das war es – und schleuderte sie über Bord. Ich erinnere mich an das wilde Quietschen des Dings, als ich es schleuderte – man hätte meinen können, es sei der Schrei einer entfernten Möwe gewesen. Es gab ein kleines Feuer im Wasser, und ich konnte sehen, wo es schwamm, und ganz leise packte ich ein loses Brett, wartete, bis es näher gekommen war, und schlug darauf ein und schlug weiter darauf ein, bis ich sicher sein konnte, dass es ertrunken war.

Ein kleines Geräusch, das ich vielleicht gemacht habe: Helga sprach im Schlaf, wachte aber nicht auf. Sie werden lächeln, wenn ich diese belanglose Passage erwähne; Sie würden lachen, wenn ich Ihnen das Gefühl der Erleichterung, das Gefühl jubelnden Glücks verständlich machen könnte, das mich überkam, als ich diese Ratte ertränkt hatte. Wenn ich zurückblicke und mich an dieses kleine Detail meiner Erlebnisse erinnere, zweifle ich nie daran, dass der überwältigende Geist der Einsamkeit dieser Nacht auf dem Meer mich in einer Art Wahnsinn überwältigte. Ich dachte an die Ratte als einen bösen Geist, als etwas für uns Grauenvolles, als eine Drohung des Leidens und des schrecklichen Todes, solange sie bei uns blieb. Gott weiß, warum ich so gedacht haben sollte; aber die Vorstellungskraft der Schiffbrüchigen erkrankt schnell, und die Stimmungen, auf die ein Mensch später mit Scham, Trauer und Erstaunen zurückblickt, sind für ihn, solange sie vorhanden sind, ebenso fruchtbar für schreckliche Vorstellungen, wie sie jemals die Wände eines Irrenhauses von wahnsinnigem Gelächter erfüllt haben.

Es mochte eine halbe Stunde her sein, dass ich – die alberne Aufregung des Vorfalls war aus meinem Kopf verschwunden – in einen Schlummer verfiel. Die Natur war in mir beinahe erschöpft, aber ich wollte nicht schlafen. Aber im gleichen Maße, wie die Arbeit meines Gehirns durch die schläfrigen Gefühle, die mich überkamen, heimlich beruhigt wurde, wirkten auch die beruhigenden Einflüsse von außen: das Wiegen des Floßes, der stille und beschwichtigende Blick der Sterne, das sanfte Flüstern des Windes.

Ich wurde durch einen heftigen Schock geweckt, gefolgt von einem heiseren Schrei. Es folgte ein zweiter Schock, der mich wieder zu Bewusstsein brachte, begleitet von mehreren Rufen wie: „Was ist los? Wo habt ihr uns da reingerannt? Wenn das kein Floß ist, dann schlagt mich doch mal verrückt!"

Ich sprang auf und sah, dass der Bug eines kleinen Schiffes über uns hing. So klein es mir auch vorkommen mochte, es ragte doch hoch und schwarz auf und schien uns sogar zu überragen, so niedrig saßen wir. Es hob sich mit seinen Proportionen vom Sternenhimmel ab und ich erkannte, dass es sich an uns festgehakt hatte, indem es seinen Bugspriet durch die Stagstangen geschoben hatte, die unseren Mast stützten.

Mein erster Gedanke galt Helga, doch während ich hinsah, erhob sie sich und war im nächsten Moment an meiner Seite.

„Um Gottes Willen!", rief ich, „holen Sie Ihr Segel herunter, sonst zermalmt Ihr Bug dieses Floß! Wir sind zwei – ein Mädchen und ein Mann – Schiffbrüchige. Ich flehe Sie an, helfen Sie uns, an Bord zu kommen!"

Eine Laterne wurde über die Seite gehalten, und das Gesicht des Mannes, der sie hielt, war beim Berühren des Leuchters wie ein Bild in einer *Camera obscura zu sehen* . Die Strahlen der Laterne fielen hell auf uns, und der Mann brüllte:

„Ja, es ist ein Floß, Jacob, und es sind zwei von ihnen , und einer ist ein Mädchen. Wirf dem Mann ein Seilende zu, und er wird das Floß längsseits ziehen.“

„Pass auf!“, rief eine andere Stimme aus dem hinteren Teil des kleinen Schiffes, und einige Seilrollen fielen mir vor die Füße.

Ich ergriff sofort die Leine, und auch Helga hielt sich daran fest. Wir übten unser vereintes Gewicht darauf aus, und das Floß schwang neben dem Boot her, als dieses gerade sein Segel einholte.

„Fassen Sie die Hände der Dame!“, rief ich.

Im nächsten Moment wurde sie über Bord gezerrt. Ich reichte ihr das kleine Päckchen mit dem Bild ihrer Mutter und der Bibel und folgte ihr mühelos, wobei ich über die niedrige Reling kletterte.

Der Mann, der die Laterne hielt, hielt sie hoch, um uns zu mustern, und ich sah das schwache Schimmern zweier anderer Gesichter an ihm vorbei.

„Das ist aber ein komischer Anfang!“, sagte er. „Wie lange treiben Sie sich schon hier herum?“

„Sie sollen die Geschichte gleich bekommen“, sagte ich. „Aber bevor das Floß abdriftet, sollten Sie wissen, dass es ziemlich gut mit Proviant bestückt ist. Es lohnt sich, alles an Bord zu bringen.“

„Richtig!“, rief er. „Jacob, nimm diese Laterne hier, spring über die Seite und gib herauf, was du findest.“

Das alles war zu plötzlich geschehen, als dass ich schon hätte wahrnehmen können, was fast einer wundersamen Rettung gleichkam. Wäre das Boot ein Lastschiff gewesen oder hätte die noch immer wehende milde Nachtluft irgendein Gewicht auf dem Boot gehabt, so hätte es uns im Schlaf zerfetzt, das Floß wäre auseinandergerissen und wir wären auf der Stelle ertränkt worden – ja, noch bevor wir „O Gott!“ hätten rufen können, wären wir im Wasser erstickt.

Ich hielt es zunächst für ein Fischerboot. Es war wie ein Lugger getakelt und offen, mit einem kleinen Vorschiff am Bug, wie mir aufgefallen war, als die Laterne in der Hand des Mannes baumelte, der uns beobachtete. Doch wäre es ein Linienschiff gewesen, hätte es mich als Zufluchtsort und Rettung nach dem Schrecken und der Gefahr dieser flachen Floßplattform nicht mit größerer Freude und Dankbarkeit erfüllen können.

„Das Schlimmste ist vorbei, Helga!", rief ich und ergriff die kalte, zitternde Hand des Mädchens. „Hier ist ein tapferes kleines Schiff, das uns nach Hause bringt, und du wirst Kolding schließlich doch noch einmal sehen!"

Sie gab eine Antwort, die sie vor lauter Erregung kaum verstand. Sie war plötzlich durch den Schock des Zusammenstoßes aufgewacht, sie war erschrocken, als sie in der Dunkelheit etwas sah, das wie ein hoher, schwarzer Bug aussehen konnte, der in das Floß krachte; dann die Schnelligkeit, mit der wir den Lugger bestiegen, und die Gefühle, die sie hatte, wenn sie wahrnahm, dass wir einem schrecklichen Tod entronnen waren – all das, zusammen mit dem, was sie durchgemacht hatte, war zu viel für das tapfere kleine Geschöpf; sie konnte kaum flüstern; und wie ich schon sagte, ihre Hand war kalt wie Frost und zitterte wie die eines alten Menschen, als ich sie sanft zu einer der Duchten führte.

Inzwischen hatte ich festgestellt , dass das Boot nur drei Mann Besatzung hatte. Einer von ihnen war mit der Laterne auf das Floß gesprungen und damit beschäftigt, den anderen alles zu reichen, was er in die Finger bekam. Sie verbrachten nicht viele Minuten mit dieser Angelegenheit. Tatsächlich war ich erstaunt über ihre Eile . Der Kerl auf dem Floß arbeitete wie jemand, der es gewohnt ist, herumzustöbern, und wie ich später aus der Beobachtung dessen, was er mitgenommen hatte, erfuhr, war ihm mit Sicherheit keine einzige Spalte entgangen.

„Das ist alles", hörte ich ihn rufen. „Ich kann nichts mehr finden, es sei denn, die Gruppen haben irgendwelche Wertsachen weggeschmuggelt."

„Nein!", rief ich. „Es gibt keine Wertsachen, kein Geld – nichts außer Essen und Trinken."

„Komm an Bord, Jacob, nachdem du das lose Brennholz weggeworfen hast."

Kurz darauf blitzte die Laterne auf, als sie über das Geländer geführt wurde, und die Gestalt des Mannes folgte.

„Schiebt sie frei!", brüllte es und kurz darauf: „Hiss das Focksegel!"

Das dunkle Segel wurde aufgezogen und einer der Männer trat ans Steuer. Es wurde nichts gesagt, bis das Segel nach achtern gezogen war und das kleine Boot sanft über die glatten Wellen der Dünung dahinglitt und nach dem mechanischen Schwanken und Neigen des reglosen Floßes ein so beschwingtes, so lebendiges Gefühl vermittelte, dass allein das Gefühl davon für mich so kraftvoll war wie ein lebensspendender Schluck.

Die anderen beiden Männer kamen aus dem Bug, setzten sich und stellten die brennende Laterne in unsere Mitte, und so saßen wir da und starrten einander an.

„Männer“, sagte ich, „Sie haben uns aus einer schrecklichen Situation gerettet. Ich danke Ihnen für mein Leben und ich danke Ihnen für das Leben dieser Frau.“

„Wie lange waschen Sie schon herum, Sir?“, fragte der Mann am Steuer.

„Seit Montagnacht“, sagte ich.

„Das ist eine üble Sache“, sagte er. „Aber Sie haben es schon seit Montagabend geschafft . Ist jemand auf Ihrem Floß umgekommen?“

„Eins“, antwortete ich rasch. „Und jetzt erzähle ich Ihnen meine Geschichte. Aber zuerst muss ich Sie um einen Tropfen Schnaps aus einem der Gefäße bitten, die Sie umgeladen haben . Eine plötzliche Veränderung dieser Art ist eine schwere Prüfung für die Seele eines Menschen.“

„Ja, Sie haben recht“, knurrte einer der anderen. „Ich weiß, was es heißt, an den Haaren des Kopfes aus dem hoffnungslosen Rachen des Todes gerissen zu werden, und was für Gefühle man nach dem Ausreißen verspürt. Welches wird das Partikelglas sein , Sir?“

„Jeder von ihnen“, sagte ich.

Er suchte mit der Laterne nach einem kleinen Glas Brandy, und das Glas, oder besser gesagt, das Schälchen, machte die Runde. Ich überredete Helga, etwas zu trinken, doch sie blieb schweigend an meiner Seite, wie eine, die noch immer benommen ist und nicht begreifen kann, was geschehen ist. In ihrer Frauenkleidung hätte man sogar glauben können, sie hätte sich ihre weibliche Natur wieder zu eigen gemacht.

ENDE VON BAND I.